水之眼

[西]多明戈·维拉尔 ◎著

宓田 ◎译

人民东方出版传媒
东方出版社

献给我的爱，比阿特丽斯，

令我沉醉于她眸中的那一片碧海。

目录
Contents

001 / Oscuro（暗）

002 / Sintonía（节目音乐）

006 / Ambigüedad（模棱两可）

011 / Juglar（吟游诗人）

019 / Hallazgo（发现）

033 / Taberna（酒馆）

036 / Retraer（缩）

045 / Veneno（毒药）

053 / Solvente（出得起价）

067 / Pertinaz（固执的）

072 / Sudar（汗流浃背）

076 / Cortejo（送葬队伍）

082 / Bravo（生猛的）

086 / Desafinar（使走调）

096 / Brusco（粗暴的）

106 / Leyenda（传说）

118 / Sentido（方向）

125 / Excusa（借口）

131 / Ausencia（缺勤）

138 / Aliento（气）

145 / Refugio（庇护）

152 / Impresión（打印）

157 / Rastro（踪影）

169 / Relación（关系）

179 / Lluvia（雨）

185 / Vuelta（翻转）

194 / Resquicio（遗漏）

198 / Motivo（原因）

203 / Claro（光洁）

Oscuro（暗）：1. 缺少光亮；2. 某种颜色的色度几乎接近黑色，与这种颜色的浅色相对；3. 不为人所知或鲜为人知的，因此总是不清不楚的；4. 令人疑惑的，不明晰的，难以理解的；5. 不确定的。

海岸边光线摇曳，城市中灯火通明，大海上浪花拍打着礁岩，激起白色的水沫……就算是天色已暗，雨水打湿了玻璃窗也无甚紧要，但凡第一次到访他家的客人，都会谈谈这些景致，就像是履行义务一般。

路易斯·瑞戈萨从架子上挑选了一张光盘塞进播放器，用柠檬皮抹了抹几个宽口高脚杯的杯沿，然后把酒倒了进去。他知道这些便是最后几杯了。

他们听着风的呼号，手挽着手，依偎着下楼，走进房间。客厅里传来比利·霍利迪为他们带来的《我之所爱》：

某一日他将到来

我之所爱

他一定身强体壮

我之所爱。

Sintonía（节目音乐）：1. 两个以上的人或物相互之间的和谐、适应与理解；2. 两种传输或接收系统的协同；3. 两种振动系统的音调或者频率相同；4. 播放节目的起始或结束曲。

"民事案件三起，卡尔达斯零起。"

耳机压得难受，里奥·卡尔达斯摘下了它，点燃了一支烟，向窗外望去。

一群孩子在花园里追逐着鸽子玩闹，他们的母亲们则站成一圈聊着天，目不转睛地关注着她们的孩子；鸟儿们也密切关注着这些孩子，只消等他们稍一靠近，就往云霄里飞去。

一个女人打来电话要举报楼下的酒吧，卡尔达斯又重新戴上了耳机。女人说酒吧传来的噪声经常吵得她彻夜难眠。她控诉着楼下人声鼎沸，还传来震耳欲聋的音乐和汽车喇叭声，门口经常大排长龙，人们乱吼乱叫、打架斗殴，墙壁上溅得到处都是尿液，地面上满是碎玻璃渣，严重威胁到了她孩子的安全。

卡尔达斯知道除了安慰她一番以外，自己爱莫能助，于是就耐心地等着这个女人发泄完。

"我会给市警察局传个讯，让他们去测量一下分贝，再查看一下酒吧是否按时关门。"他一边说着，一边把酒吧的地址记在笔记本上。

在笔记下方他接着写道："民事案件四起，卡尔达斯零起。"

卡尔达斯听着节目的音乐，蕾韦卡又把一张写着黑字的新卡片贴放在玻璃上。卡尔达斯忙抽了一口烟，然后把它稳稳地架在烟灰缸的边缘。

"下午好，安赫尔。"播音员圣地亚哥·洛萨达向热线另一头的听众打了个招呼。

"假如痛苦能让人悔恨，那么就让痛苦降临吧。"安赫尔咬文嚼字地慢慢说道。

"什么？"洛萨达问道，与卡尔达斯一样，他们都对这句奇怪的话感到莫名其妙。

"假如痛苦能让人悔恨，那么就让痛苦降临吧。"安赫尔又用同样的声音一字一句地重复了一遍。

"不好意思，安赫尔，这里是《电台巡逻》节目，"洛萨达提醒道，"您有事要咨询卡尔达斯探长吗？"

对方就这么挂了电话，把这一头的洛萨达晾在一边，暗自咒骂。

"人们总喜欢在电台里听到自己的声音。"洛萨达冠冕堂皇地向警官解释道。

卡尔达斯不觉笑了，也该有人来压一压这个洛萨达的嚣张气焰了。

"总有些人更喜欢些。"卡尔达斯嘟哝道。

接着,一位居住在郊区的老人打来了电话,抱怨他家旁边的行人道路灯,它的绿灯持续时间总是太短,导致他每次都来不及穿过马路。

卡尔达斯把红绿灯的位置记在了笔记本上,之后再通知市警察局。

"五起案件对一起,疯子来电除外后。"

尽管卡尔达斯已经把手机调成了静音,但放在桌上的手机还是亮了一下,提醒他有未接来电。

他瞄了一眼手机,一共有三通电话,全是埃斯特韦斯打来的,卡尔达斯决定不回电话。他实在有些疲惫,不想再给自己增添不必要的工作。他们一会儿在警局还会碰头,或者更幸运一些,直到明天才会再见。

他深吸完最后一口烟,把烟头按灭在烟灰缸里,又罩上耳机来接听埃娃的来电。她说自己总能看见超自然的魑魅魍魉,它们每天晚上都会规律地出现在她家里。

卡尔达斯不禁自问,也许洛萨达想过开设一个栏目,就叫做"电台的疯事",好让那些坚持不懈地想要接通热线的天才如愿以偿。

看到洛萨达在他的笔记本上着重记下这个女人的姓名和电话之后,卡尔达斯几乎能够肯定这一想法。

几通来电之后，第 108 期《电台巡逻》节目结束了。里奥·卡尔达斯看了一下黑皮笔记本上的最终结果："民事案件九起，疯子案例两起，卡尔达斯零起。"

Ambigüedad（模棱两可）：1. 用若干种方式来理解与解读某件事物的可能性；2. 不确定，有疑问或困惑。

卡尔达斯探长走进警察局，沿着过道前行，两边摆放着一列列的桌子。穿梭在成排的电脑之间，探长经常觉得自己像是置身在报社的编辑室，而不是在一个警局里。

埃斯特韦斯看见他的身影之后，立即站起了身，挪动着他那一米九的庞大身躯，亦步亦趋地跟在卡尔达斯身后。

卡尔达斯穿过他办公室的磨砂玻璃门，瞧了一眼叠放在桌上的那几堆文件。他总是吹嘘对那些杂乱的笔记和文件中的内容了如指掌，但其实自己也知道是言过其实了。长时间的工作让他感到十分疲惫，他一屁股坐在了黑皮椅子上，叹了口气，不知道该从哪儿着手。

埃斯特韦斯闯了进来，没头没脑地开始说道：

"探长，索托局长打了个电话，让我们去这个地方，"埃斯特韦斯晃了晃手上的纸条，"刑警队已经到了。"

"埃斯特韦斯，你和警局总是让我忙得马不停蹄，有事件的报告吗？"

"没有，我说您和那个小子在电台呢，我可以一个人去，但是局长坚持让我等您一块儿过去。"

"我看一下。"

卡尔达斯扫了一眼地址，把纸折了折，放在了桌上。

"妈的！"卡尔达斯低声咒骂着，闭上眼睛，靠在了椅子上。

"长官，您不想去吗？"埃斯特韦斯问道。

卡尔达斯喷了喷嘴。

"你能少安毋躁吗？"

"当然可以。"埃斯特韦斯回答道，仍然摸不透探长的性子。

埃斯特韦斯几个月以前刚来到加利西亚省。警局里传言他是因为受了罚，才从他的出生地萨拉戈萨市的警局被调职到这里的。这位探员毫无怨言地接受了在维戈市的工作岗位，尽管有些事情比他预期的更难适应。比如这里无法预测的天气，总是变化无常，还有城里绵延不绝的上下坡，当然还有当地人处事的模棱两可。在这位萨拉戈萨人的线性思维中，事物不会似是而非，要么可行，要么不可行，每次看到加利西亚人脸上不置可否的表情，他都要仔细揣摩许久。

第一次接触当地风俗，是在他报到后的第三天，局长让他给一个少年录一份口供。这个少年在向学校同学兜售大麻的时候被警察逮了个正着。

"名字？"埃斯特韦斯问少年，他想要尽快完成任务。

"我的名字？"少年反问道。

"对啊，小子，又没让你报我的名字。"

"哦。"贩毒的少年赞同道。

"那么，说一下你的名字。"

"弗朗西斯科。"

埃斯特韦斯在电脑中输入少年的名字。

"弗朗西斯科什么？"

"弗朗西斯科没了。"

"你没有姓氏？"

"哦，马丁·法韦罗，弗朗西斯科·马丁·法韦罗。"

埃斯特韦斯坐在电脑前，在屏幕上输入少年的姓氏，然后把光标移到了供词的下一个空格。

"住址？"

"我的住址？"少年又问道。

埃斯特韦斯抬起了眼。

"你觉得我让你说我的住址？你以为我们在玩猜谜游戏吗？"

"没有，长官。"

"看一下我们能不能一次性结束。你的住址？"

埃斯特韦斯等着回答，但这个问题似乎让少年陷入了沉思。

"您问的是我平时住哪儿？"少年忍不住问道。

"你是卖大麻的，还是一把一把地抽大麻？我当然问的是你平时住的地方，为的是能找到你。"

"嗯，不好说……"

"怎么不好说？你和其他人一样，总有个家吧，除非你像猫一样流落街头。"

"不是的，长官，我和父母一起住。"

"那把他们的地址告诉我。"埃斯特韦斯不耐烦地说道。

"我父母的住址？"

"小子，你听明白了：在这里只有我能提问。懂了吗？"

"懂了，长官。"

"既然你懂了，那告诉我你住哪儿，你该死的家在哪儿。你懂了吗？"埃斯特韦斯恼怒地说道。

少年看着埃斯特韦斯，不明白这个体型硕大的警官怒从何处来。

"我问你懂了没。"埃斯特韦斯咬牙切齿地问道。

"懂了，长官。"少年含糊地回答道。

"那我们抓紧时间，我不想花费整个上午的时间。你住哪儿？你之前一般住哪儿？我没让你告诉我，你老子收到工资当天下午去的哪个妓院。"

一阵沉默之后，少年配合着问道：

"您想要城里的住址，还是乡下的？"

"小子……"埃斯特韦斯强忍住怒气。

"您看，"少年赶忙解释道，"周一到周五，我们都待在城里，但是周五下午我们会开车去乡下。我可以给您城里的住址，也可以给您乡下的。"

少年说完，等着警官新的指示。埃斯特韦斯目不转睛地盯着他。

"长官？"

埃斯特韦斯移开了电脑，一只手拽住少年的夹克领子，把他拎到离地半米多高的地方，用另一只手摸出警枪，对准了少年的嘴，把少年吓得瑟瑟发抖。

"小子，你看到这把枪了吗？看到了吗，臭小子？"

少年的两脚悬在空中，面上被枪指着，枪口距离他两厘米都不到，痛苦地点着头。

"妈的，如果你再不告诉我你住哪儿，我就用枪把你的牙全都敲下来，然后一颗一颗塞进你的屁股。听明白了吗？"

局长从窗外看到了这个新探员的夸张行径，赶忙过来阻止了他。然而这一幕插曲却在警局传开了，众人热议着埃斯特韦斯的火爆脾气，纷纷讨论着他被调到维戈市的原因。

为了更好地监控他，脾气冲动的埃斯特韦斯被指派给了卡尔达斯探长。尽管探长沉默寡言，但是埃斯特韦斯总觉得如履薄冰。埃斯特韦斯打从心里厌恶加利西亚人说话不会直截了当。他觉得拐弯抹角是一种恶习，并拒绝接受这种地方习气。

卡尔达斯又重新看了一眼地址，"托拉亚大楼，北座，复式17/18。"

"我们要在天黑以前赶到，"卡尔达斯说罢，站了起来，"你会喜欢这次出警的。"

Juglar（吟游诗人）：中世纪时期的艺术家，一边弹奏乐曲，一边唱诵文学作品。

埃斯特韦斯吹着口哨坐进车里，这个调子在他的脑海中徘徊了数周。卡尔达斯靠在了副驾座椅上，打开了一点车窗，然后闭上了眼。

"探长，我应该向海滩方向开，是吗？"埃斯特韦斯问道，他对当地复杂的地形已了然于心，但是在交通拥堵的时段还无法驾轻就熟。

卡尔达斯睁开眼指示道：

"对，就是那几片海滩过去的第一个港口，卡尼多港正对着的那个岛。不难找。"

"就是那个有一座高楼的岛吧，我知道在哪了。"

"抓紧时间。"探长说道，然后又垂下了眼帘。

公路沿着海岸线蜿蜒，右边是一座现代渔港，沿着海湾填海而造。此时，几艘渔船正驶回码头，数百只海鸥在这些船只上方盘旋，想要尝尝船上的沙丁鱼作为晚餐。

在公路的左边，不靠海的那一面，则是贝尔韦斯老港。城市的海事活动早在 19 世纪末就在这座港口兴盛起来了。从前，渔船就是在老港的大理石连廊下卸货的，随着港口的持续扩建，现在的连廊离岸边已经越来越远。

落潮哗哗作响，海水浓烈的气息随着从窗口进入的空气渗入车内。埃斯特韦斯深深地吸了一口气。这个味道让他觉得新奇，令他十分喜欢。他欣赏着窗外的景致，谷湾错综复杂的地形令他一见倾心。他印象中的大海还是许久以前，像儿时在夏日的地中海沿岸见过的那样，无边无际，一直延展到天边。但在加利西亚省，绿色的陆地一直伸向海里，形成了颜色丰富多彩的谷湾。在大西洋海水的拍击下，一座座被白色沙滩环绕着的岛屿，忠诚地守护着谷湾。

他们沿着公路一路前行，途经一座座的船厂，隐约能见到未来航船的骨架。然后他们驶上了环城公路，尽管如此命名，但是待他们开到海滩边，都不见公路周围有任何城市的影子。

在经历了几场大雨之后，这个阳光普照的午后让萨米尔海滩人山人海。海滩的石路上都是往来穿梭的宠物狗、运动的人和自行车。海面之上，天空微微泛红，预示着夜幕即将降临。

市体育馆的足球场就在海滩边上，两支少年球队正在交锋。从半开着的窗户里飘进孩子们抢球的吵嚷声。汽车沿着球场的围栏绕行，途经拉加雷斯河的入海口时，碰到了一处急转弯，车身不住地颠簸。车速快得让卡尔达斯跌向了邻座。他睁开了眼，在自己的座位上稳了稳身，花了一些时间来观察这些孩子。当车行进到第二个弯道的时候，穿着橙色球衣的孩子们正在逼近蓝队的球门，之后卡尔达斯就再也看不到他们了。离心力又让他向另一侧的门撞去。

"见鬼，埃斯特韦斯。"

"怎么啦，探长？"

"你能像个正常人一样开车吗？"

埃斯特韦斯刚把脚抬离油门，就听见卡尔达斯的手机传来刺耳的铃声。

"长官，是您的手机在响。"埃斯特韦斯觉得铃声实在催得有些急，于是提醒道。

卡尔达斯探长看了看屏幕上显示的局长姓名，随即接起了电话。

"卡尔达斯，他们把信息传给你了吗？"索托局长问道，他一贯有些急躁。

"我们正在路上。"卡尔达斯肯定道。

"你和埃斯特韦斯一起吗？"

"对，"卡尔达斯肯定道，"他不该来吗？"

"他就不该被生出来。"局长说着挂断了电话。

汽车沿着海岸线，行驶在与之平行的公路上，一路七拐八弯。途中经过几个小镇之后，终于到达了瓦奥海滩。海滩正对着托拉亚岛。

托拉亚岛面积不大，岛上仅有几栋别墅、几片沙滩和一片谷湾区独一无二的住宅区，住宅区前是一片面积不到二十公顷的绿地。在大兴城市规划的那几年，人们在岛上建造了一座二十层的高楼，打破了这座岛屿一向保有的和谐之美，使这个小小的天堂变得风格迥异。卡尔达斯总是觉得，假如这座大楼在五个世纪以前就已经落成的话，就能吓走弗朗西斯·德雷克，把他们那伙海盗全都赶回英国。

车驶下公路，向连接海岛的大桥开去。埃斯特韦斯把车停在了桥头。

"探长，我们要把车开过桥吗？"埃斯特韦斯问道。

"不用，我们最好游过去。"卡尔达斯闭着眼答道。

埃斯特韦斯嘟囔了一下，把车开上了桥，桥长近两百米。此时的西方，落日的余晖映射在海面上，金色的光芒使人睁不开眼，太阳几乎躺倒在水面上，照得东方的整条海岸线都熠熠生辉。

他们经过一座金属楼梯，楼梯向下通往一片海滩，是托拉亚岛上仅有的两片海滩中较大的那一个。岩石护卫着沙滩，因为退潮而露出了海面，石头上方长满了海藻，像是铺了一层绿毯。

一道栏杆和一个岗亭截住了车辆继续深入岛屿的去路。

"探长，这里不对外开放？"埃斯特韦斯问道。

"在此之前都开放。"卡尔达斯答道。

一个保安从岗亭里走了出来，手上拿着一个笔记本，询问他们的去处。埃斯特韦斯向他展示了一下警徽，保安立即升起了栏杆，放他们通行。

车开过岗亭，沿着一条小路继续前行，路的一边是一排别墅，另一边则是一片松树林。松树的清香与周围大海的气息混在一处，但又层次分明。不久，小路出现了两条岔路，他们向右边的岔路开去。穿过树林之后，大楼随即展现在他们眼前。埃斯特韦斯情不自禁地吹了一声口哨。

"探长，这摩天大楼可真少见，从远处看过来可没那么高。"

"希望地基打得扎实。"卡尔达斯自言自语道，他总认为脚踏实地才令人心安。

这一建筑奇迹奇形怪状，绝大多数的房间只在夏天才会住人，此时这座巨大的高楼脚下，停车场空空如也。卡尔达斯从少数几辆车中，认出了现场勘查队的警车。如果他们还在现场勘查，说明事件应当较为严重。下车之后，埃斯特韦斯看了看大楼，他不得不把身体往后仰，才能瞧见整幢大厦，禁不住又吹了一声口哨，他跟在探长身后，走向大厦的门厅。

大楼总共有二十层，有三个侧面，分别是北座、南座和东座。卡尔达斯算了算，这三个侧面的每一层都有近十户人家。这六百来个公寓是如此庞大的房产生意，即使有违章之处，政府也不会不颁发建筑执照。

他又看了一眼纸条："复式17/18，北座"。

他们按照大楼北座指示牌的指引，走进了其中一个电梯，卡尔达斯按下了17层的按钮。走出电梯之后，探长精神抖擞地爬了一小段楼梯。埃斯特韦斯也学着探长的样子，脚步声在楼层里回响。

公寓的门被负责现场勘察的刑警用封条贴了起来。卡尔达斯抓住封条的一头，把它撕了下来，推开了公寓的大门。埃斯特韦斯跟在探长身后走进了公寓，关门之前，他又把撕开的封条重新贴在门框上。

他们直接迈进了一座宽敞的大厅，面前是一扇巨大的落地玻璃窗，窗户没有安装窗帘。落日的斜晖为房间镀上了一层淡淡的红色。眼前的景色令人叹为观止：正前方便是谢斯群岛，左边是一片谷湾延伸出来的沙滩，右边是另一片莫拉佐半岛的海滩，有如巨兽一般正向大海奔腾而去。

埃斯特韦斯忍不住走近窗口，想要细细观赏一下景致，卡尔达斯则按身不动。

客厅里有两把沙发和一个玻璃制的矮茶几。沙发前本该放电视的地方，装着一台现代音响设备。卡尔达斯发现了客厅的四角都装有若干个扬声器，扬声器装在小型金属音箱里。后墙上装有几排书架，上面放满了压缩碟。

餐桌被搁置在离窗户最远的地方，桌子的正中央摆着一个插着干花的花篮，桌子周围摆放着四把高背椅子。书架对面的墙上挂着两幅版画。其中一幅上画着一个花瓶，瓶身上刻画着些浪漫的场景，另一幅描绘的是某个传统建筑的横饰带。在这些装饰画的一旁，平行悬挂着六支萨克斯管。

负责现场勘察的刑警之一，克拉拉·巴尔西亚，正在采集放在客厅桌上的几个酒杯上的指纹。

"你好，克拉拉。"卡尔达斯一边打着招呼，一边走过去。

"下午好，卡尔达斯探长，"克拉拉探起身，"我马上就要采集完指纹了。"

"你别起身，"卡尔达斯一边说着，一边做了个手势，然后向四周看了看，"什么情况？"

"探长，是一起谋杀案，"克拉拉回答道，"很血腥。"

卡尔达斯点了点头。

"你这边怎么样？"

"我采集了许多样本，"克拉拉指了指墙角，那里整整齐齐地摆放着许多透明袋，"但现在还不好说。"

"你一个人？"

"我们来了四个人，"克拉拉回答道，意思是他们整个刑警队都出动了，"但是好一会儿了，就剩下我和巴里奥医生了。他在楼下的卧室，您从这儿走。"

克拉拉把正在查验的酒杯放在桌上，立起了身，把他们引到下楼的地方，那里有一个螺旋梯。卡尔达斯跟在她身后。

"探员，您不下楼吗？"克拉拉站在楼梯的台阶上问埃斯特韦斯。

卡尔达斯转过身，看见他的助手正在客厅的观景台上欣赏着风景。他不禁感到奇怪，他这个铁面无情的助手，能把最刁钻的惯犯都吓得不轻，竟也会像一个吟游诗人一般，有闲情观赏景致。

埃斯特韦斯迈了三步，就轻轻松松地跳下了楼梯，硕大的身躯在探长的身后立定。克拉拉把两双乳胶手套递给了他们。

"尸体在哪儿？"卡尔达斯问道。

"在房间里的床上。"克拉拉回答道，打开了这个公寓的卧室房门。

埃斯特韦斯的手太大，几乎戴不上手套，他一面使劲地拽着手套，一面情不自禁地喊出了他进屋后说的第一句话：

"去他的！"

Hallazgo（发现）：1. 发现、发明或遇见；2. 被找到的东西，尤指比较重要的东西。

　　男人面部狰狞的表情，显现出他曾遭受的痛苦。他的双手被白色布条捆在床头上，他裸露在外的身体，被扭曲成奇怪的姿势。一张床单遮住了他从腰部以下到脚的部位。

　　卡尔达斯下意识地皱起眉，屏住了呼吸，以防突然嗅到腐坏尸体的恶臭。但下一秒钟，他就发现这个男人刚死不久，尸体还没有散发出腐臭，他于是放松了鼻头。

　　法医古斯曼·巴里奥正在检查尸体，感觉到他们进了房间之后，转过了身。

　　"卡尔达斯，你们没到，我只好先开始了。"医生一边说着，一边指了指手套下隐约可见的手表。

　　"不好意思，巴里奥，"探长抱歉道，"我在电台耽搁到现在。你见过埃斯特韦斯吗？"探长又问道，转向他的助手。

　　"我和他在警局见过几次。"医生说道。

"检查得怎么样？"卡尔达斯问道。

"进行中。"

"好吧，"埃斯特韦斯低声说道，"这里人说话一向清楚明了。"

卡尔达斯走近床边，检查死者被紧绑在床头的双手。死者的手大而细长，颜色发青，手臂上的血管因为失血，则显得发白。从手腕上深深的伤痕，可以看出死者生前曾经用力地试图挣脱。

"已经确认身份了吗？"卡尔达斯问道。

克拉拉回答道：

"路易斯·瑞戈萨，三十四岁，布埃乌镇人。职业音乐人，吹奏萨克斯管。举办过音乐会，也给别人教过课等等。"克拉拉接着说道，"他一个人独居，这个公寓已经租了好几年了。"

听着这段简要的介绍，卡尔达斯内心波涛汹涌。

加入警队之前，卡尔达斯唯一近距离看到过的尸体，就是躺在棺材里的母亲。他甚至没有主动要求见她，只是有人提议说他可以和母亲道别，他便同意了。接着，他便被突然地抱离了地面，就好像飘浮在空中一般，俯视着一个深色木棺，他的母亲一动不动地被装殓在里面。他疑惑不解地看着母亲发青的面庞，就好像罩着一层蜡一般，他的几滴泪水掉落在了玻璃棺盖上，短短几秒钟就好像是一个世纪一样漫长。他的母亲紧闭着双目，两眼深陷在眼眶中，嘴唇苍白得几乎与面色没有差别，与她生病时还精心描绘的红唇截然不同。

母亲走后的好几年，这幅蜡像画一直在他的脑海中徘徊不去，经常出现在他的睡梦中。他还时常想起坐在灵堂一角的父亲，他那面带痛楚、欲哭无泪的样子。

又过了几年，当卡尔达斯考入了警校，还只是一名学员的时候，总是听到别人形容凶杀现场有多么可怕。卡尔达斯虽然也感到害怕，但同时也抱着些期待，不知道自己第一次直面死亡会是什么反应。

他不久之后就遇到了印证猜想的机会。那是在头几次夜间执勤期间，他陪着一个老探员前往一个公园，一个流浪汉在那里被刺死。他不禁有些讶异，第一次看到那具陌生人的尸体竟也没令他十分触动。他毫不迟疑地就靠近了尸体。自从那次以后，无名尸体对于卡尔达斯来说，不过就是无主的物件。置身在犯罪现场的时候，无论是面对着腐坏的，还是新鲜的尸体，卡尔达斯从不会去联想，它们也曾是活生生的生命。他只是全神贯注地搜寻可以帮助他确认死亡原因的线索，寻找那些他应该拼贴起来的拼图板块。

只有在被告知死者身份之后，他才会感到内心震动。仿佛知道了尸体的姓名，了解了些大致的生平事迹之后，在现场勘查的同时，也触碰到了活生生的人。

"你说他一个人住？"卡尔达斯问道。根据尸体的状态，他推断这个人刚死不久。

克拉拉点了点头。

"怎么得知死讯的？"卡尔达斯问道。这么快就能发现尸体令他十分诧异。

"桥上的保安通知我们的，"克拉拉回答道，"尸体是保洁发现的。她一周来打扫两次。发现尸体之后，这位可怜的保洁吓得不轻，惊慌失措地跑到了岗亭求助。医护人员已经给她打了镇静剂，因此只能等到明天才能询问她。费罗警官把这些都记下来了。他现在应该已经在总部撰写报告了。"

卡尔达斯点了点头，暗自懊悔自己到得太晚，而且竟是因为《电台巡逻》这档节目才迟到的。

"你推测作案时间是什么时候？"卡尔达斯问道。

"昨天晚上，"巴里奥医生回答道，"根据尸体温度，我可以推断死亡时间是昨晚七点到十二点之间。更具体的时间，要等尸检之后才能确定。"

"没什么事的话，我先去忙我的了。"克拉拉说道。

她离开了卧室，消失在旋梯上。卡尔达斯站在尸体前，他的视线几乎离不开死者的双眼。这双眼睛是浅蓝色的，双目圆睁，就好像是在惊恐地望着他。

"他是怎么死的？"埃斯特韦斯向医生问道。

"你说瑞戈萨？"巴里奥医生反问道。

"不是，我说的是戴安娜。"埃斯特韦斯插嘴道。

"你别理他，巴里奥，埃斯特韦斯闹着玩的，"卡尔达斯说道，责怪地望了一眼他的助手，让他噤声，"你已经知道他是怎么死的了吗？"

"确切原因我还不清楚，但是我能向你们保证这个肯定脱不了干系，"医生一边说着，一边掀开一直盖在死者腹部上的毯子，"这只是初步判断。"

"我的天哪，他那是什么东西？"埃斯特韦斯不禁脱口而出，赶忙护住自己的下身，往后退去，远离开尸体。

"你们来的时候，我正在检查那里，"医生说道，"现在还不知道怎么回事。"

死尸的皮肤上有硕大的肿块，从腹部中间一直延伸到两腿。在一条腿上，恐怖的黑色一直延伸到膝盖处。

尸体下腹部整块皮肤都褶皱不堪，卡尔达斯觉得像是在看鞣制过的皮革，而不是人的皮肤。他以前从未见过这般景象。从巴里奥医生检查尸体时露出的惊讶表情来看，他对此也是见所未见。

"医生，打断一下，您说这死人叫作瑞戈萨？"埃斯特韦斯问道。他靠近了些尸体，想要看得仔细一些。

"应该是的。"医生肯定道。

"冒犯地问一下，瑞戈萨先生的小弟弟在哪？"

巴里奥医生用镊子靠在硕大的肿块中间的小小凸起上。

"你以为这团最黑的东西是什么？"

埃斯特韦斯弯低了身子，看向医生指着的地方。

"这个就是？"他吃惊地问道。

医生点了点头，埃斯特韦斯吃惊地望向他的长官。

"您看见了吗，探长？他都得用医生的镊子，才能上厕所吧。"

卡尔达斯靠近了一些，仔细观察尸体。肿胀的尸体看上去已经十分臃肿。假如尸体的生殖器已经是肿胀的状态，那么可想而知它原本的大小。这让他想起佛手贝的空壳，颜色黝黑，又带褶皱。他还辨别出了这位音乐家的睾丸，看起来就像两粒黑葡萄干。他望向医生，想要知道更多信息。

"我实在想不出凶手用什么方法，能把他伤成这样，我都快要想疯了。我一开始觉得凶手是用火烧的，或是用加热的方法，但是他的皮肤看上去又没有烧伤的痕迹，你们发现了吗？"医生一边说着，一边左右查验着瑞戈萨的生殖器，"太奇怪了，都裂开了。我没有发现伤口或是血迹，我在想也许凶手向他泼了某种腐蚀性物质。"

"他一定疼得厉害，"卡尔达斯想象了一下巴里奥描述的场景，"没人听到声音？虽然这个月份住户还不多，但应该会有人听到他的尖叫声。"

巴里奥医生指了指床边的床头柜，上面放着一段胶布和一个潮湿的球状物。

"我们到的时候，发现尸体的嘴被这些东西封住了，"医生解释道，"凶手把这个棉球一直塞到他的喉咙口，然后又用胶带把他的嘴封住。嘴里塞着这些，根本不可能发出任何声音。"

大家都陷入了沉默，望向这个惨死的萨克斯手。

"他一定痛不欲生，你注意到他的眼睛了吗？"巴里奥医生打破了沉默，想要知道探长的想法是否和他一致。

卡尔达斯点了点头，重新望向死者的双眼，这双眼睛打从一开始就令他印象深刻。近距离地观察，这种触动更为强烈。这双眼睛饱含着痛苦，透露出瑞戈萨死前所遭到的残酷对待。面对这一场令人噤声的折磨，他甚至无法用呼喊来减轻痛楚。探长想起以前读过的加缪的一句话，好像说的是人出生而后死去，毫无欢乐可言。尽管不了解这个男人的身世，但是卡尔达斯觉得这个躺在床上、毫无生气的男子的生活应该也大抵如是了。

"我从来没见过这样的眼睛，"探长指了指瑞戈萨的脸，"你不觉得不像真的吗？"

"我也有同感，"巴里奥医生回答道，"我最初以为他戴着隐形眼镜，但是是天生的。这就是他眼睛原本的颜色，像水的颜色一样。"

瑞戈萨的卧室宽敞洁净，像其他房间一样，都被夕阳晕上了余辉。床头上方的墙上挂着一幅装裱过的油画复制品，是霍伯的《旅馆房间》。卡尔达斯不由得想起了原作。他和阿尔芭在马德里的提森博物馆一起欣赏过。画里那位坐在床上的女子有着孤独、沉静的美丽，面容哀戚，令卡尔达斯感到迷惘。此刻看着墙上的画，卡尔达斯又体会到了画家撞见画中女子穿着粉色睡衣，行李整理到一半的样貌时所感到的鲁莽冒犯。他不禁自问，他们是否和霍伯一样，侵犯了瑞戈萨的隐私。

床头对面是一面窗户，不如客厅的落地窗那么大，但景色大同小异，卡尔达斯没有移身过去。

床的另一边，在床头柜上摆着一个相框，里面有一张死者手拿萨克斯管的照片。这是卡尔达斯在房子里找到的唯一一张肖像照。

照片旁边叠放着两本书。上面的一本书有七百来页，书名是《哲学史讲演录》，书里夹着一个书签。卡尔达斯戴着手套，拿起了书，在封面上找到了作者的名字：格奥尔格·威廉·弗里德里希·黑格尔（斯图加特，1770－柏林，1831）。

埃斯特韦斯靠近探长的身后：

"《哲学史讲演录》，"他读了读书名，说道，"他肯定是失眠，才会在床上读这个都睡不着。您不觉得吗，探长？"

"也许他正是为了治疗失眠症。"卡尔达斯简洁地回答道。

探长又看了一眼尸体，它被绑在床头，生殖器暴露在外，受伤严重。这样的死亡方式对于一个热爱哲学的音乐家来说，未免有些不体面。探长把黑格尔厚厚的书放回到床头柜上，拿起另一本书：安德烈·卡米莱里的《陶狗》。

这两本书并不是房间里唯一的书籍。在离门最远的那面墙上有许多木制书架，上面摆满了书。卡尔达斯想起他父亲说的话，从一个人喝什么酒、读什么书就能了解这个人。他惊奇地发现，这位音乐家的图书收藏竟都是些侦探小说，有蒙塔尔万的、埃尔罗伊的、钱德勒的和哈米特的……

"案件的发生过程应该不难判断，"巴里奥医生一边检查着瑞戈萨毫无生机的躯体，一边自言自语道，"他们在客厅里喝了几杯，然后一起下楼走到卧室里，开始纵情肆意地做爱，待这个男人正乐在其中的时候，他的情人把他绑了起来，塞住他的嘴，然后把他给杀了。我就是觉得奇怪，为什么不用更简单的方法杀了他。你们看这里。"医生指了指瑞戈萨变了形的腹部，接着说道："凶手杀害他的手段十分复杂，真是费尽心机。"

"您说有凶手竟和这东西做爱？"埃斯特韦斯插嘴道，用手指着死者袖珍的生殖器。

"埃斯特韦斯，麻烦你帮我个忙：你去客厅里转转，看看有没有发现。"卡尔达斯对他说道，指了指卧室的门。

待埃斯特韦斯的身影消失在楼梯上之后，探长转身看向医生。

"巴里奥，你真的觉得他死前有过性行为？"卡尔达斯问道，假如诚然如此，那么这肯定是展开调查的重要线索。

医生微微摆动了几下脑袋，轻微的晃动让人觉得模棱两可。

"我也不敢肯定，但是初看应该是的。至少我认为不能因为他的肢体形态，就排除掉这种可能性。"医生解释道，指了指瑞戈萨的生殖器。"无论如何，要在解剖室进行全面的分析检查之后，我才能下定论。你可以明天去解剖室找我。我现在还无法排除任何可能性。"医生总结道。

经过初步鉴定，除了死者的生殖器部位和他手腕上的皮肤，巴里奥医生还没有找到其他的施虐痕迹。医生认为死者腹部位置的状况是凶手造成的。他和探长都认为瑞戈萨手上的磨痕是他自己在竭力挣脱时留下的。

巴里奥医生认为这是一桩情杀案件，所有的证据似乎都导向这个结论。房间里没有呈现出打斗后该有的杂乱景象，而且他认定死者并不是被迫受绑的。探长觉得瑞戈萨认识凶手，或者凶手并没有引起死者的猜疑。假如预感到危险，瑞戈萨显然不会自愿被缚住。

"你明天早上就能有结论吗？"卡尔达斯心急地问道。

"你可以中午的时候过来吗?"

探长走近床头柜,仔细观察桌上的照片,然后拆下木制相框,取出照片。照片里的瑞戈萨笑着捧着他的萨克斯管,俨然是一个热恋中的青年。音乐家浅蓝色的眼眸,在自然光下就好像是透明的一般,在黑白照片上则显得像是浅浅的灰色。

"巴里奥,我把这个拿走了。"探长说道,把照片放进了夹克的里袋。

离开这个楼下的房间之前,卡尔达斯去检查了一下卧室的洗手间。洗手间里铺着白色的大理石,洗手池设计感十足,还装有一个带水疗功能的浴缸。整洁的白毛巾挂得十分整齐。对于一个在俱乐部演奏的萨克斯手来说,未免有些奢侈。假如地上有头发,坐便器里有尿液残留,或是有任何帮助发现凶手的痕迹,一定逃不过现场勘查队系统的排查。

埃斯特韦斯站在楼上望着窗外,克拉拉则转战到地毯上,进行系统的勘查。她打开了客厅所有的灯,在地毯上摆了几条棉线,把地毯分成几个方格区域。她把从每个方格里取得的样本一一放进袋子,贴上相应的标签。

卡尔达斯看向放在矮桌上的杯子。酒饮印证了瑞戈萨有熟人相伴的猜测,或者至少没有让他觉得出其不意。卡尔达斯嗅近酒杯,闻到了一阵干涩的酒香,香气沁人心脾,一闻便知是金酒。他仔细地观察了一下杯壁,试图寻找唇印,果然在杯口发现了一道浅浅的粉色口红印记。

"你查过酒瓶了吗,上面有指纹吗?"探长问克拉拉道。

"酒瓶放在厨房里。"克拉拉点着头回答。

卡尔达斯试着找厨房,但一无所获。

"在这里。"克拉拉站起身,拉开一扇门,立马就现出了一个小厨房,卡尔达斯原本还以为这是一扇柜门。"是个美式厨房。如果不常做饭的话,特别实用,几乎不占任何空间。"

卡尔达斯走向厨房,但是克拉拉拦住了他。

"抱歉,探长,厨房里指纹太多了,我还没来得及检查。"

"没问题。"探长连忙撤身,好让克拉拉重新关上厨房门。克拉拉在检查犯罪现场的重点区域时,总是十分严谨细致。卡尔达斯对此了然于心,他也不在意被一个下级支使,相反,他打心里感到十分庆幸,能有这位能力超群的刑警协助办案。他看重她的观察能力,也欣赏她的耐性,连一点儿细微的痕迹都不会遗漏。

探长走近挂在墙上的那一排萨克斯管。最旧的那一支,正是此时在他夹克兜里的相片上,瑞戈萨捧在手上的那一个。卡尔达斯用手背轻触了一下冰凉的金属管身,仿佛在为它们哀悼一般。

客厅的书架共有五层,堆放着上百张唱片,几乎全是爵士乐。上面的几层放着女歌手的唱片,而下面的几层则全是萨克斯手演奏的珍品。除了一些闻所未闻的,探长还能认出几个熟悉的演奏家,像桑尼·罗林斯,莱斯特·扬和沙利·帕克。

最底层的架子上放着成堆的乐谱。卡尔达斯随意挑出了一本册子,正是由次中音萨克斯管演奏的,莱斯特·扬的《星光下的史黛拉》。他听过这首曲子,他家里一直存着斯坦·盖茨演奏的版本。

尽管他不懂乐谱,卡尔达斯还是翻看着这本破旧的册子,看着五线谱上密密麻麻的音符,口里哼着这首歌的旋律。他怀念起以往周日的下午,阿尔芭把它们称作"文学与音乐时间"。在这样的日子里,几位演奏家会过来相陪,而他们俩则穿着睡衣,窝在沙发上阅读。

"您注意到这些唱片了吗?"埃斯特韦斯问道,他仍然站在窗边。

卡尔达斯点了点头。

"我们这位'铁板小鸡鸡'朋友应该喜欢同性吧,您觉得呢?"

"何以见得?"

"您别误会,长官,我不在意别人的床伴是男是女,咱们可是生活在自由的国度。"

"你不必解释这些。"探长鼓励他接着说下去。

"您只要看看这些奇怪的唱片,那面墙上的装饰画,还有床头上的油画,一点也不难判断这位音乐家就是出了柜的。"探员回答道。

卡尔达斯把手里拿着的乐谱放回最底层的架子。

"就这些,还不足以……"

"就这些?"埃斯特韦斯反问道,"您还想找到一张美少年的裸体海报?"

探长知道他的助手没有发现留在酒杯上的口红印,但是他发现克拉拉警官正斜眼瞥着埃斯特韦斯,于是干脆保持沉默。

"别说了,埃斯特韦斯。"探长含糊地说道。假如放任他的助手继续胡思乱想,那么其他同事就更要对他的个性议论纷纷了。

克拉拉检查完地板上用线格出来的一个方框之后,开始检查下一块最靠近音响的格块。弯身的时候,她不小心触碰到了音响的开关。一个温暖的女声从客厅的各个角落传来。

> 日复一日,
> 　那个老巫毒法师总是阴魂不散。

克拉拉找了半天,都找不见关掉音乐的开关在何处。

"对不起,对不起。"她觉得自己笨手笨脚的,满脸羞红地说道。

"你可以不用管它。"卡尔达斯不以为然地说道。

"这是什么曲儿?"埃斯特韦斯没好气地问道。

"比利·霍利迪。"探长边说着,边走到音响旁,调大了音量。克拉拉微微笑了笑,重新跪到了地毯上的框格内。

> 这陈年情愫冲击我心,
> 　每当我思念你之时,
> 　宝贝,我对你无法忘怀
> 　日复一日。

埃斯特韦斯又转身望向窗外,窗外之景可以让他忘却刚才看到的那一幕。

"探长,您知道我最喜欢这幢楼的什么吗?"

"喜欢从这里望出去刚好看不到它吗？"卡尔达斯回答道，没有靠近窗户。

埃斯特韦斯无言以对，于是又传来了比利·霍利迪如泣如诉的嗓音。

当它到来之际，日复一日。

Taberna（酒馆）：提供酒饮的商铺，一般都比较简朴，大众化，或者带有乡村风格。

卡尔达斯探长在亲王路的石板地上走着，路上已然没有数个小时以前的喧闹景象。商铺都已打烊，连一个人影都没有。在这个五月柔和的夜晚，绝大多数居民都离开城市的这个角落，去往海边散步。

探长把电台听众的牢骚、住址和电话登记表一起交给了市局的执勤警官，然后走出位于市政大楼内的市公安局。探长早就嘱咐埃斯特韦斯不必等他。他想沿着下坡走走。探长喜欢夜晚的城市，他可以听到自己踏在人行道上的脚步声，一记一记地敲打着地面，节奏分明；空气中，树木的气息掩盖住了汽车的尾气。在静谧的街道上，他回想着托拉亚岛上大楼内的命案调查。自从他离开瑞戈萨的公寓之后，总觉得忽略了些什么，就好像盈盈的微光，在他脑海中挥之不去。抓不着一丝头绪，他沿着亲王路走了十来步之后，向右转了弯，走到了一个封闭的小广场，一座石头平房圈起了这个广场。

平房正面的石墙上有一幅加利西亚移民者的画像，代表着成千上万的迫于贫穷而迁徙的人们，像是画家丹尼尔·阿方索·罗德里格斯·卡斯特劳的连环画中的人物一般。在壁画的下面，正好有一句卡斯特劳的题词："加利西亚自由之时，即吾回归之日。"这位画家逝世于布宜诺斯艾利斯。

紧闭的房门和两架窗框全是木制的，都被漆成了绿色。几个铁铸的字母，被钉在石头墙上，字体富有童趣，被排列成了"艾利希奥"这个名字。

卡尔达斯推开了门。

艾利希奥几十年以前接手这个商铺。从那时开始，这几道石墙便为城市的精英阶层提供了庇护之所。《加利西亚人民日报》的编辑部就在几米开外的地方，于是酒馆里便挤满了被美酒吸引而来的记者群体。随后，律师、学者、政客、诗人和画家也纷至沓来，汇聚到了酒馆铁炉的周围。

酒馆的角落里，留有画家卢格罗斯描绘的水母、海马和航船，它们沉没在桌子的大理石面板上。他的一些同僚，绘画天赋超凡脱俗，但总免不了囊中羞涩，也在酒馆里留下了他们的作品，于是乎，墙面就与二十世纪的加利西亚绘画艺术密不可分了。一些画家是出于友谊，另一些则是为了抵偿他们的酒账。

就在这些摆放在凹凸不平的地面上的橡木桶旁边，作家阿尔瓦罗·昆克伊罗、卡斯特罗维霍、布兰科·阿莫尔和许多其他名流都曾在这里把酒言欢。他们在酒馆里的宣讲曾在那个灰暗的工业化时代，为这个城市带来一抹华彩。

在那段时光的后期，加利西亚作家波罗波，在他的报道中写过一则逸事。说是上帝知道了加利西亚的河流中三文鱼绝了迹，于是把作家阿尔瓦罗邀请到了天上去吃圣餐。其他人想吃免费的餐食，于是也陪着这位作家上了天。为了能喝上好酒，他们一齐从天上问下面要酒喝。席上几乎都是艾利希奥的好朋友，他只得跑上天，去为他们倒酒。大家都传言艾利希奥本不情愿上去服侍，报道里没有记载，就连他本人也没能再从天上下来讲述。

自从艾利希奥上了天以后，酒馆便被郑重地交到了卡洛斯的手上，他没有丢掉岳父传承下来的精神和文化氛围。如今酒精再也治愈不了感冒了，但这绝不是因为这个酒馆没了风骨，而是要怪当地的酒窖老板们。酒杯还是白色陶瓷杯，坐凳也依然是长条木板凳。几块铆在墙上的挂牌依然提醒着人们，那些赫赫有名的常客的名字。

卡尔达斯探长看了看手机，已经过了晚上十二点。他突然想起，已经许久没有接到那种让他大半夜还要跟跄出门的电话了，于是他又点了一杯酒。

Retraer（缩）：1. 放到里面或移到后面，藏匿或者拿开；2. 说服某人或者劝服某人放弃；3. 不再与别人来往；4. 不再表露情感。

明媚的晨光透过了窗，照亮了警局的大厅。5月13日的这一天，夏日炎炎。埃斯特韦斯坐着浏览手上的文件。他的桌子对面，坐着一个女人，默默地注视着他。

"玛利亚·德·卡斯特罗·拉波索，维戈市卡尼区，寡妇，六十四岁。"

"六十四岁左右。"玛利亚补充道。

"这是超过六十四岁，还是没到六十四岁的意思？"埃斯特韦斯问道。

卡尔达斯探长站在一边翻看着一个文件夹，忍不住插话道："埃斯特韦斯，仔细核对口供。"

这个体型硕大的助手深深叹了一口气，服从了命令。

"玛利亚，您作证：昨天，5月12日，您像往常一样来到路易斯·瑞戈萨先生的家，那是下午三时左右，您用您的钥匙打开了房门。根据您的证词，这把钥匙是瑞戈萨先生本人于两年前交给你的，日期大致是您开始为他工作的时候。"

埃斯特韦斯停了停，等着玛利亚的回应。她点了点头作为回答，探员以为她表示了赞同。

"您走到公寓的二楼。您一般从楼上开始打扫，"埃斯特韦斯接着读道，"是这样吗？"

"不一定，有时候是，有时候不是。"

"好吧，"埃斯特韦斯目不转睛地盯着玛利亚问道，"那您一般都先从楼上开始打扫，是吗？"

"许多时候是这样的。"

埃斯特韦斯开始恼怒了起来。

"女士，看看我们能不能沟通明白。您发现瑞戈萨尸体的那天，是先从楼上房间开始打扫的吗？"

"警官，我已经和您说了，是的。您就是不冲着我吼，我也听明白了。"玛利亚说着，抬起一只手，比画了一下耳朵。

"我难道是在对您大吼大叫吗？"埃斯特韦斯用眼睛搜寻着探长的身影。

卡尔达斯让埃斯特韦斯降低些音量，讶异于别人都没有冒犯他，他就能像被点燃的炮仗一般。

"看看我们能不能继续下去，"埃斯特韦斯又回到了正题上，"走进公寓半个小时之后，当您打开卧室门准备打扫的时候，发现了已经死亡的瑞戈萨先生，他的嘴被堵住，手被绑在床头。在这一刻，您冲出房间去请求帮助。"

埃斯特韦斯又停了停,看向玛利亚,预期得到她的肯定。

"是这样吗?"他问道。

玛利亚撇开了视线,看向了地板,她对地板似乎比对警官的问题更感兴趣。

"是这样吗?"埃斯特韦斯抬高了音量,又问了一遍。

玛利亚默默地看着他。

"事情是这样的吗?"埃斯特韦斯又重复道,不得到一个答案誓不罢休。

"差不多吧。"玛利亚回答道。

"什么差不多?我说的到底发生了,还是没发生过?"埃斯特韦斯越来越按捺不住性子,坚持要问出一个所以然。

"应该差不多就像您说的这样。"玛利亚最终肯定道。

"为什么是应该差不多?这是您的供词。"埃斯特韦斯找到登记表上的第一段,一边怒不可遏地指给玛利亚看,一边读道:"您是玛利亚·德·卡斯特罗·拉波索,家住维戈市卡尼区的一位寡妇吗?"

"埃斯特韦斯……"卡尔达斯阻止道。

"探长,我只是想让这位女士告诉我是不是这样。我都没有变着花样问她。"

"是的,是的。差不多就和您写的一样。"玛利亚说道。

"请您一次性说明白,我就求您这点事。"

玛利亚耸了耸肩。

"那么,您还肯定:您离开房间去找看门人,但是没找到他，于是您就去小岛入口处的岗亭，提醒保安注意桥上的进出情况。"埃斯特韦斯说完之后，把手上的纸放到桌上，问道："情况属实吗？"

对方轻晃了一下头表示回答，埃斯特韦斯自作主张地认为这是肯定的回答，然后问道："玛利亚，您发现瑞戈萨先生家里有什么反常吗？"

"反常之处？"

"对，对，不一样的地方，"埃斯特韦斯生气地说道，"我想问的是，除了发现瑞戈萨先生的尸体以外，您还发现他家里有什么不正常的，奇特的，怪异的，或者说离奇的东西吗？有什么东西引起您注意了吗？您有什么发现吗？"

"不知道，"玛利亚犹犹豫豫地说道，"引起我注意的东西，注意……嗯，我觉得应该没有。"

埃斯特韦斯转过身找寻探长。他还一直站立着，靠在离这张桌子最远的那面墙边。

"探长，请问这位女士和我说'我觉得应该没有'的意思是否定的意思吗？"

"正是。"玛利亚回答道。

埃斯特韦斯转回身冲向玛利亚。玛利亚凝视了他几秒，然后把视线转向了窗外，眼神带着轻蔑。

"最好还是您接着来吧，长官。"埃斯特韦斯终于投了降，站起了身。

探长同意了埃斯特韦斯的请求，一只手拿着文件夹，另一只手上拿着今天的第二根烟，往前迈了几步。探长发现玛利亚没有注意他，于是他走到了窗边，挡在了晨光和她的中间。

"玛利亚，这是皮纹检测的报告。"探长一边缓慢地说着，一边把文件夹拿给她看。

"什么报告？"

"皮纹检测报告。这是一种能检验特定区域指纹残留的技术。"

玛利亚的面部露出迷茫的表情，说明这个解释仍然不够充分。

"哦。"

"您记得昨天有人录过您的指纹吗？"

"有点印象。"

"每个人的指纹都具有唯一性，我们现在可以准确判定谁在某个地方待过，判断这个人都碰过哪些东西。"

"所以？"玛利亚似乎十分确定这段话与她没什么干系。

"您的指纹出现在瑞戈萨家的好几处地方。"卡尔达斯告诉她。

"我的指纹？"玛利亚十分吃惊。

"您留下的痕迹，玛利亚，您的指纹，出现在死者瑞戈萨的家中。"探长摆动着自己的手指。

"我在那里工作，"玛利亚回答道，"是不是因为这个？"

卡尔达斯假装没有听到她的回答，继续说道：

"事实是杯子上全都是您的指纹，玛利亚。"卡尔达斯缓缓说道。

"杯子?"

"您不知道我说的是哪些杯子?"卡尔达斯问道。

"他家里有许多杯子。"玛利亚含含糊糊地回答道。

"我说的是摆在瑞戈萨先生家客厅桌子上的那些杯子,"探长解释道,"现在您想起我们正在谈论的那些杯子了吗?"

玛利亚摸了摸下巴。

"一些杯子……我不清楚。"

卡尔达斯靠近她。

"那几个金酒杯的玻璃上全是您的指纹,玛利亚,"探长轻微抬高了些音量,"您的指纹把我们本可以找到的指纹全部破坏了。"

玛利亚突然弹动了一下身子。

"对了,那些杯子!"她突然想起来,"我喝了一口酒压压惊。您知道的,看到瑞戈萨先生的那个样子实在把我吓坏了。您听见您的同事说了吗?是我发现的尸体。"

"玛利亚,您再遇到这种丑事的可能性几乎为零,但是,假如您不巧再遇到这种事情,您可千万别碰任何东西。假如您要小酌,去找一个酒吧,但是尸体附近,请您千万保持原样。"

"我只是……"

卡尔达斯不给她解释的机会。

"我们本来可以知道瑞戈萨生命的最后时光是和谁一起度过的,您破坏了我们唯一有效的指纹样本。您知道这些样本有多重要吗？"探长一边问道，一边把视线移回到报告上，玛利亚则把身子缩了缩，靠到了椅背上，仿佛这样更有安全感。

通过对瑞戈萨住处的调查，警方获取了许多指纹样本，但是皮纹检测报告证实，绝大多数留在现场的指纹不是死者的，就是这位玛利亚女士的。

从死者家中找到的唯一的，不同于前两者的指纹的样本，就印在客厅桌上的酒杯底部。遗憾的是，他们正在审问的这位女士的手把这个指纹样本的绝大部分都破坏了。尽管警方能修复指纹的一小部分，但是仍然不足以拿到总部，去与那里的电子存档进行比对。电脑分析对不完整的指纹也无可奈何。电脑程序就好像埃斯特韦斯这个人一样：想要全部信息或一点也不要，对于他和电脑来说都不存在模糊概念。

假如警方找到疑犯，他们需要拿着这个从酒杯上取得的，所剩无几的指纹残留，人工地一一比对疑犯的所有指纹，而且必须在取得法律许可的前提下，才能采集疑犯的指纹。

最令探长感到震惊的是，警方在卧室里居然没有找到任何指纹。这证实了凶手在离开房间之前，不厌其烦地抹去了所有痕迹。他更感到讶异的是，居然有人能够细致地打扫卧室，而那个时候瑞戈萨还活着，躺在床上，嘴被封住，双手则被绑在床头。这个人肯定有不一般的胆量，才会在这个备受折磨之人的蓝色眼睛的注视下，毫不退却。

"探长，警方会因为我喝了那么点酒就告我吗？"玛利亚意识到自己破坏了证据之后，问道。

卡尔达斯摇了摇头，然后把报告放在了桌上。

"那我可以走了吗？"她松了口气问道。

玛利亚拿起她放在椅子腿边的包，把它放到了桌上，然后等着探长让她离开的指令。确认了不会因此而受罚之后，她试着挽回些自己丢失的颜面：

"我就只喝了一点杯底剩着的酒而已。"

"探长，您和她说，我们在两个杯子上都找到了她的指纹。"埃斯特韦斯对他的长官说道。

"我也许喝过两杯。我哪里都记得清，我今年都六十四岁了。"玛利亚辩解道。

"就这样吧。"卡尔达斯跳过这个话头，指示玛利亚可以走了。

埃斯特韦斯的基因链条可与他长官的不一样，没有加利西亚式的耐心，他忍不住说道：

"警方还在金酒瓶身上、厨房里其他的酒瓶上都找到了您的指纹。"

"我是保洁。我的工作就是拿起东西来擦干净，"玛利亚恼怒地辩解道，"警官，您可以隔空擦物吗？"

身材高大的埃斯特韦斯，怒气冲冲地靠近玛利亚座椅前的桌子。

"女士，您可别惹我。"埃斯特韦斯用食指指着她说道。

卡尔达斯赶忙把他的下属拉开，请这位被吓得一愣一愣的女士离开。她吓得直哆嗦，都快躲到桌子底下藏起来了，探长不得不帮着玛利亚站起身。

站起身之后，玛利亚听从了探长的指令，但依然时刻防备着，双眼紧盯埃斯特韦斯，匆匆忙忙地离开了房间。

"你脑子坏了？"待玛利亚走出去，把门带上之后，探长说道，"你想干什么？想让我们两个人都被开除吗？"

"我要是不给她点颜色看看，她都要把自己说成是滴酒不沾的了。"埃斯特韦斯辩解道。

"埃斯特韦斯，算了。你就算再让她难堪，指纹也不可能修复了。你能实际些吗？核实一下她的证词就罢了。"

"那您怎么看，她算是确认过了吗？"

"算是。"探长回答道。

"算是什么？"

"算是确认了，你要学会听别人说话。"探长干巴巴地说道。

卡尔达斯掐灭了手里的烟，拿起了报告，走向他的办公室，把埃斯特韦斯留在询问室。还没走进办公室，手机上就显示有一通来电。现场勘查队的法医巴里奥有了初步结论。

Veneno（毒药）：1.造成机体严重紊乱或死亡的物质；2.有害健康的物质；3.造成精神伤害的物质。

"甲醛？"卡尔达斯问道。

"是的，甲醛，俗称福尔马林。"

"福尔马林不是一种防腐剂吗？"

"正是，甲醛的一种重要应用就是作为防腐剂。用水把它稀释到37%的浓度左右，就是福尔马林了，浓度更低的溶液可用作液体消毒液。"

"所以呢？"卡尔达斯问道，他不明白医生说的和音乐家的死有什么关联。

"甲醛，"巴里奥医生接着说道，"是一种危险物质，一种毒性很强的气体，会引起严重的发炎和过敏反应。"巴里奥医生稍微停顿了一会，"甚至包含致癌成分。"

"医生，您的意思是说，有人把瑞戈萨的生殖器泡在福尔马林里，让他患上前列腺癌？"埃斯特韦斯吃惊地问道。

"不是的，"医生回答道，"没人说有人把瑞戈萨泡在里面。"

卡尔达斯有些迷茫。

"对不起，巴里奥，你的结论是什么？假如凶手没有向他泼福尔马林，那么凶手到底做了什么？"

"凶手是把福尔马林注射进去的。"巴里奥医生回答道。

"什么？"卡尔达斯难以置信地问道。

"有人向瑞戈萨的生殖器注射福尔马林，37%浓度的甲醛溶液。"

"我的天，医生，这都可以？"埃斯特韦斯说道。

"注射的位置在这里。"巴里奥医生走近一张担架床，掀开罩在上面的床单，瑞戈萨的尸体一丝不挂地躺在床上，医生摊平他生殖器上的皮肤，接着说道："这个小点就是针孔留下的痕迹。你们看到这个小孔了吗？"

"我看不见，也不想看见。"埃斯特韦斯喊道，他那硕大的身躯躬了起来，一边弯着腰向门口走去，一边说道："你们不介意我出去透口气吧？一会儿探长会把最新情况告诉我的。"

埃斯特韦斯离开了房间，就这样把他的上司和医生留在瑞戈萨裸露的尸体前。卡尔达斯靠近尸体，观察巴里奥医生刚才指着的小孔。再次看到这位萨克斯手的器官，他更是觉得不堪入目。

"我不太理解，巴里奥，我们不是讨论过，福尔马林是一种防腐剂吗？"

"福尔马林会使身体组织脱水。假如把尸体放进福尔马林里，身体不会受到破坏，你听着吗？但相反的是，假如把福尔马林注入到身体内部，它就会把身体里的所有水分都吸干。"巴里奥医生使劲地吐着气，发出"咈咈咈"的声响。

"见鬼！"卡尔达斯轻声说道，打了一记寒战。

"被注射了福尔马林之后，整个身体都会收缩，"巴里奥继续解释道，"一旦注入身体，福尔马林会把所有水分都吸干，什么都逃不过，包括血管、组织等等。你别忘了，人体的绝大部分，近80%左右，都是由水构成的。"马里奥指着音乐家的生殖器，接着说道："身体的任何一处血肉都会禁不住地收缩。"

卡尔达斯沉默了片刻，仔细观察福尔马林对瑞戈萨腹部造成的伤害，那实在令人触目惊心。

"巴里奥，对他做这个的人，知道这样会害死他吗？"

"你觉得呢？"巴里奥医生以加利西亚式的回答，给予了肯定。

"会不会是凶手不小心造成的？"探长问道，他无法想象居然有人能想出这样的杀人方式。

"不会，"巴里奥摇摇头，"我认为凶手是了解的，至少大致知道会引起什么样的后果。假如有人设计了这样一种处决方式，肯定具备足够的医学常识，知道人的主要血管被破坏成这样，是绝不可能存活下来的。这绝对是蓄意为之的暴行。"

卡尔达斯吃惊地听着医生的解释。以这样的方式杀人，不免让人认为凶手是瑞戈萨的情人，为了打击报复而实施的犯罪，但是探长又觉得即使因为个人恩怨，这种谋杀方式也未免过于残忍。

"福尔马林含有坏血成分，因此注入身体之后，会引起剧痛。"巴里奥医生接着说道，他对自己得出的结论也难以置信。"打个比方，就好像糖尿病患者失去一条腿时遭受的痛苦一样，因为排除毒素而会导致败血性休克。你想想，像男性生殖器这样血管密布的部位，血液涌到这里，可以变大三倍的地方。我觉得是一场蓄谋的酷刑。"

"嗯。"卡尔达斯不愿想象这样的场景，也不想继续听医生的细节描述。

"即使他被人活着发现，他的整个外生殖器都必须被切除。这个可怜人也只能在腹部中间插入引流管来排尿，或者更糟，只能通过在肾脏上插导尿管。"

巴里奥医生暂停了他滔滔不绝的论述，聚精会神地观察瑞戈萨身上的巨大肿块，它占据了他三分之一的身体部位。

"事实上，即使我们在凶手注射的时候赶到，也无法救回他。注射口太靠近重要的器官了，你看他的腿都成什么样了。即使我们在场，也只能看着他饱受折磨，为他祈祷而已。没有任何方法可以救他。"

探长决意不去设想如此触目惊心的场景。根据多年经验，个人情感的投入会使调查多走弯路，降低他的调查效率。这宗案件扑朔迷离，好像一堆杂乱的线团，他需要集中精力，抽出那根能够解开线团的丝线。

"那么死亡时间呢？"

"在昨晚十点到十二点之间，这个我确定。"

卡尔达斯观察着瑞戈萨毫无生气的躯体，看着他暴露在外的黑色的腹部，反复地思考着凶手使用的奇怪手段。

"巴里奥，什么人可以接触到福尔马林？"卡尔达斯问道。

"在医院里？医生、护士、护工、学生……"巴里奥医生挥动着前臂，向探长解释道，任何与医院沾点边的人都可能被列举在这个名单上。

卡尔达斯无法理解，一个能够对这位萨克斯手的身体造成如此伤害的药品，但凡有人想要，居然都能够获取。

"假如真的像你说的这样含有剧毒，至少应该对它的使用进行严格控制。"

"没有。要找甲醛不难，我们刚才只说了医疗系统。假如没弄错的话，除了作为医用防腐剂，它还有许多其他用途。"

巴里奥离开了房间一会儿，回来时手里拿着一本应用化学工具书。

"找到了。甲醛，也被用于制造肥料、颜料、黏合剂、磨蚀剂……"巴里奥合上书，总结道，"你看，用途广泛。"

卡尔达斯回想起了前段时间看的一部电影的情节。女主人公是一位肥胖的护士，在一个大雪纷飞的冬天，把一位作家绑架到了一个山间小屋。女护士强迫作家写一部令她满意的书。每次离开房子，去购置补给品的时候，她都会把作家绑在床上，防止作家乘她不在的时候逃走。一次，女护士提前回到了房子里，居然发现作家正在试图解开绳索。为了惩罚作家，也为了不让他逃走,这个胖护士用一个木柄榔头,对着作家的脚腕狠狠地敲打,把他的一个脚腕敲得粉碎。

"你在想什么?"巴里奥医生问道。

卡尔达斯从回忆中跳脱出来,回到现实之中。

"我在想不管是黏合剂,还是绘画材料的制造商,他们都不会了解把福尔马林注射进生殖器的后果。"

"就连我都不甚清楚。事实上,我原来也对把福尔马林注射到活体内的后果存疑。"巴里奥医生坦白地说道。"我也认为凶手应该是一个具有相关医学知识的人。"

"医院的工作人员?"

巴里奥医生摇了摇脑袋,告诉探长他也不能完全确定。

"绝大多数在医院工作的人员都远不可能知道,注入人体的福尔马林是这样一种会造成败血症的毒药,"医生解释道,"我倾向性地认为,凶手一定是位专家,经常要和甲醛打交道,每天都用它来工作或进行实验。仔细想想,医院里到处都是怪人。"

"你可帮了我大忙了。"卡尔达斯说道,想起了电影里的那位变态的女护士。

"说真的,假如有人知道我的一些同事的心理状态,也许下次就直接去肉铺挂个诊了。"

"人各有异吧。"

"你可真别不信。"医生回答道。

"好吧。"这对案件几乎没什么助益,探长在抓到线索之前,不想离开解剖室,于是接着问道:"你知道是谁给你们供的货吗？"

"福尔马林？"

探长点了点头，假如埃斯特韦斯在场的话，指不定又要爆粗口了。

"法医部门用的福尔马林，都是由里奥制药供货的，这个实验室离这儿最近。"

"就在咱们当地生产？"卡尔达斯吃惊地问道，里奥制药这个名字听着有些熟悉。

"我拿来的这些，是那里生产的，"巴里奥肯定道，"但是有许多实验室都生产福尔马林。我和你说过，这个产品用途广泛。这些产品基本上大同小异，所以我们宁愿买本地生产的，好节约运费。我们拿来之后用途也差不多。"

卡尔达斯觉得也算是有所收获，于是说道："非常感谢你提供的信息，什么时候完全结束？"卡尔达斯一边说，一边准备告别。

"尸检工作已经完成了。只差把报告交到法院和警局了，之后就要打电话给死者家属，让他们来认领尸体，他们好像今天就想让他入土为安。"医生说道。

"你知道要把他埋葬在哪里吗？"

巴里奥回答不知，接着问道："你想让我问问吗，我之后打电话告诉你？"

"好的，感谢，有什么新的情况，随时告诉我。"

卡尔达斯向大门走去。走到走廊上的这一刻，他不禁又想起了电影里的一幕，那个肥胖的女护士手里拿着一支巨大的注射器，在连廊里慢慢地前行。

"卡尔达斯，"解剖室的门突然被推了开来，巴里奥医生请他回去一下。

"还有其他发现？"卡尔达斯转回了身。

"对，不好意思，说了这么多福尔马林的事，我差点忘了和你说其他的。"巴里奥匆匆忙忙地说道，"确实还有其他发现，假如没弄错的话，它们可能对你的侦查十分重要。你记得我昨天和你提过，瑞戈萨在被杀害之前，可能有过性行为吗？"

探长作了肯定的回答，急不可耐地想要听医生的结论。

"我找不到任何证据，可以证明瑞戈萨在被害的那天晚上有过性行为，但是你知道他喜欢同性吗？"

"瑞戈萨吗？"

"尸检的时候，我找到一些线索，可能能证明他的性取向。"

"你确定？"卡尔达斯问道，似乎看到那位手拿注射器的肥胖女护士从他的嫌疑人名单中被除名。

"我只能说，这样的推断似乎符合情理。你也知道，只有无知的人才会下定论，聪明人都会心存疑惑，而后反思。"

探长离开法医部，想起埃斯特韦斯在托拉亚大楼的 18 楼上，提到过这位萨克斯手的性取向问题。

有时候，无知者也会下定论，而且还不无道理。

Solvente（出得起价）：1.有足够的资源来偿还债务的人；2.能够完成，尤其是有效率地完成职责和工作的人。

瑞戈萨是一位萨克斯手，吹奏爵士乐，单身独居。他的母亲居住在海边的一栋小别墅里，那栋别墅位于蓬特韦德拉市附近的谷湾处，布埃乌这座海滨小镇之中。瑞戈萨就是在这里出生的。他没有父亲，也没有兄弟姐妹。听托拉亚岛的守卫说，尽管瑞戈萨总在夜间活动，但行事低调。他吹奏萨克斯管，和乐队在圣杯酒吧演出，一周有四个晚上要参加表演。酒吧就位于老城区的入口处。算上瑞戈萨，乐队一共有三名成员。另有一个爱尔兰人，名叫阿瑟·奥尼尔，弹奏低音提琴，还有弹奏钢琴的伊利亚·莱多女士。瑞戈萨还是维戈市音乐学院的替补音乐老师。

这一天艳阳高照，空气清新，湛蓝色的天空中，万里无云。埃斯特韦斯静静地开着车。卡尔达斯坐在旋着弯的车上，回想着费罗警官整理的案件描述。报告有好几页纸张，都用订书机钉在一起，包含了一些前期调查报告，还有一些邻居、看门人、玛利亚和案发当晚的岗哨的陈述。岗哨回忆说，当晚他看见瑞戈萨的车驶入小岛，但是没看见车里有其他人。他们有规定，不能探查住户陪同人员的身份。几个小时之后，凌晨十分，他看到瑞戈萨的车又开了出来。他抱怨说那晚天色很暗，又下着雨，让他以为是瑞戈萨开着车出去的。

瑞戈萨的车到现在还没有找到。

文件还包含皮纹检测分析和对案发公寓最初的侦查结果。法医报告排除了瑞戈萨是在遇害之后被绑住双手和被塞住嘴的可能性，确定了作案时间为5月11日晚11时左右。这些报告并不属于探长读过的文件之中最翔实的，也几乎没有提供什么新的线索，但也算是聊胜于无。文件里缺少克拉拉警官的报告，她还需要几天的时间才能写出来。就凭克拉拉对现场的仔细勘查，探长觉得她一定能为案件的水落石出找到新的路径，但是到目前为止，他还没有找到几根能够架起案件调查的支柱。他在脑海中整理了一遍目前所有的线索：一小部分的指纹残留，无法与警局档案库中的指纹进行比对；一种作为作案凶器，但用途广泛的化学产品；凶手具有深厚的医学知识，而且很有可能是名男性，一名男同性恋者。

卡尔达斯从夹克口袋中取出原本放在瑞戈萨卧室中的照片。他又感到自己似乎忽略了什么重要的细节，但又无法抓住它。他的心中燃起了一丝光亮，不停地低声提醒着他，他拼错了那么一片拼图。他以前也有过这种感觉，而且他一直相信自己的直觉。这个藏身于他脑海中的思绪，无论多么微小，迟早都会突然冒出来的。

他把头向后仰了仰，把照片塞回了口袋，又闭上了双眼。

波里尼奥镇位于罗洛河汇入米尼奥河的河谷地带。它面积不大，位于维戈市往内陆的方向，十公里左右的地方。汇聚在这里的高速公路，向南通往葡萄牙，向东通往马德里。城市迅速地扩张，堪比它周边的花岗岩山石的消失速度。

数年以前，采石场经济效益良好，市镇上随即建起了一大片工业园区。土地价格合理，交通便利，市政府宽松的财政政策，吸引了许多维戈市的公司到此处来建厂。

警官们途经了几座厂房，驶离了高速。通过一条乡镇公路，到达了一片若干公顷大的场地，场地周围是高耸的护栏。入口的大门上，竖着几个不起眼的字：里奥制药。

实验室大楼保留了老式工厂的风格，看起来就像是一个国家部门的大楼。石头用料给它镀上了一层高贵坚实之感，是那些工业园区里的新式建筑所缺乏的。

公司是个家族企业，由利萨尔多·里奥斯于十多年以前一手创立。

"早上好。"保安走近他们的车，止住了他们的去路。

埃斯特韦斯向邻座寻求帮助。

"我们和拉蒙·里奥斯先生约好了。我是维戈市警局的卡尔达斯探长。"

"里奥·卡尔达斯探长？"

"正是。"

"您就是电台巡逻员，里奥·卡尔达斯探长？"

"这位正是巡逻员本人。"埃斯特韦斯兴致盎然地回答道。

"里奥·卡尔达斯，我简直不敢相信，我从不落下您的任何一期节目。岗亭的收音机一直播放《维戈之声》。"说着，保安把半个身子都探入车窗，向卡尔达斯伸出了手。"探长，收音机太欺骗人了，听声音，我还以为您是位上了年纪的警官呢。"

"对不起，让您失望了。"卡尔达斯握了握他的手，实在不明白居然有人喜欢这个节目。

"您一点儿也没令我失望，"保安握住探长的手，回答道，"认识您很高兴，卡尔达斯探长。"

"我们可以进去了吗？"探长问道，觉得自己的手被摇晃得过了头。

"当然，探长，当然可以。"保安说道，松开了探长的手。

保安为他们打开了门。呈现在眼前的是一座精美的花园，环绕着实验室大楼。

"荣幸之至！"汽车开过保安身边的时候，他饱含热情地喊道。

"幸会。"探长勉强笑着说道。

"看看人出了名就是有便利，是吧，探长？"埃斯特韦斯开过栅栏之后说道。

"什么出名，什么意思？"

"探长，您和我可就别谦虚了。您不都看见了，保安认出您之后，马上就给我们放行了。"

"他们也不怎么知道我。而且但凡是警察想要通行，一般不会有人设置障碍吧。"

"您看，探长，就因为您在电台上做节目，您的待遇可就完全不同了，这您可别否认。每次我们不透露身份，或是我一个人去什么地方，别人总是没什么好脸色。但是，假如您说您就是电台巡逻员，人们可就客气多了，就像刚才那样。"

"首先，我自认为不是什么大人物。其次，像你这样，别人没惹你，你就要拳脚相加，别人是不可能对你以礼相待的。"

"您别给我上道德教育课，"埃斯特韦斯辩白道，"咱们每个人都有自己的工作方式。您不知道自己的名气给您的工作提供了多少便利没有关系，但是您可别把同样的无知用到我身上。名声、成就总归都是您的事。"

"埃斯特韦斯，你消停点吧。"卡尔达斯说道，心里也暗暗感到他的助手说的不无道理。在警队里当了那么多年的人民公仆，人们认识他还都是因为那个可笑的电台节目，这实在让他觉得无地自容。

他们俩下了车，走向大楼的正门，拉蒙·里奥斯正在门廊等着他们。

拉蒙·里奥斯曾是卡尔达斯的同班同学。他们曾一起学习过：有一种罪过大于其他千万种，有一种在犯规后的进球也能得分，函数在某一点上的导数等于该点处切线的斜率。他们还一起听过何塞先生的课，他站在布道台上，教导10岁的孩子们在极端情况下的处置方法：假如有恐怖分子手持机关枪来威胁他们的家人，要求他们践踏圣体来解救家人，那么他们不应该这么去做，因为假如恐怖分子真的开了枪，那么孩子们的所有家人都会成为圣人，愉快地飞升到天堂。有时候，卡尔达斯会想，不管何塞先生的理论有多么荒谬，但凡阿尔芭也在被威胁之列，他就完全赞同这样的做法；但在其他情境下，他绝不认同这样的理论。

"卡尔达斯，你这个疯子，想见我居然找到实验室来了。"拉蒙向探长打招呼道。

"你懂的，无奇不有嘛。"

他们拥抱着打了个招呼。尽管物是人非，他们已经不常往来，但是依然还保留着儿时的情谊。在他们的童年记忆中，两人十分亲近。在那个时候，尽管各有各的原因，他们俩都在其他孩子之中显得格格不入。

"我这次不是出于个人原因过来的，而是来找你谈工作的。"卡尔达斯简单地交代了一下这次拜访的原因。

"我的什么？你没事吧？"

"他们给了你好处，才能让你过来吧？"卡尔达斯问道。

"有啊，但只是想把我赶出家门而已。"拉蒙回答道，看了看左手腕上那块名表上显示的时间。"今天这么好的天气，我可是立马就想跑到船上去待着。"

"你可用不着委屈自己。"探长说道。

拉蒙指了指埃斯特韦斯，此时他正聚精会神地望着远处，观察着四个穿着白大褂的年轻人，看着他们如何处置一股热气腾腾的绿色液体。

"你买了一只大猩猩？"拉蒙低声问卡尔达斯道。

"埃斯特韦斯，我的新助手。刚来维戈市不到几个月。埃斯特韦斯！"探长喊道。

"这样的可不多见，你可真是被保护得紧。"拉蒙眨了眨眼，就像儿时一般，带着点痞气，"我可是听说，电台名人都是需要一支护卫队的。"

"此言不差。"卡尔达斯简短作答。

埃斯特韦斯走了过来，向拉蒙打了个招呼：

"您好吗？"

"就是头发都掉秃了，其他都挺满意。"

"埃斯特韦斯，这位是拉蒙·里奥斯。"卡尔达斯介绍道。

"很荣幸。"埃斯特韦斯指向那些穿着白大褂的工作人员，接着问道，"他们在做什么？"

"绿色烟雾中的那些？"拉蒙问道。

埃斯特韦斯点了点头。

"我也不知道，"拉蒙回答道，就好像针对探员的问题，别无其他答案一般，"我只懂得我负责的那些事，而且我负责的也不多，你别不信。我们家唯一的聪明人就是我的外公，利萨尔多，这个工厂就是他一手创立的。现在家里能称得上是聪明人的，就只剩下我的哥哥、表姐和宠物猫了。这里也没多少个天才，基本上都平庸得很。"拉蒙指了指走廊上迎面走来的几位员工，接着说道："那些脑子最好使的人都去了我们的对手家了。大家心知肚明，赛尔提亚公司上市之后，工资待遇比我们好多了。"

埃斯特韦斯轻轻点了点头。

拉蒙继续滔滔不绝地说道："我对实验室过敏，所以我在这里向来不久留。有好几回，我身上冒出了许多疹子，最后只能洗海水浴，吹吹海风，才治愈了。一定是因为红酒和我们这里生产出的某些物质相克造成的。你想知道其他什么吗？"拉蒙看向埃斯特韦斯，然后问道。

"没有了，谢谢。"埃斯特韦斯回答道，看到拉蒙居然如此能编排理由，觉得还是保持沉默为妙。

"卡尔达斯说你是从别处来的。"

"是的。"埃斯特韦斯答道，"从萨拉戈萨市来的，您去过吗？"

"你是因为看到我秃顶了，才用尊称的吗？"

"什么？"埃斯特韦斯不明所以。

"哎，用'你'称呼我就行。我虽然长得不好看，但还不老。你看到了吗？"拉蒙张大了嘴，说道，"我这边的牙可一颗都没掉呢。"

"你别生气，拉蒙，"卡尔达斯插嘴道，"几个星期前我就已经放弃了。他用'你'这个称谓，最多只能说两句话。"

"随便你吧，在学校里就这样，一开始还用'您'，最后就要双膝下跪了。"

拉蒙走向连着门厅的长廊。

"你们过来，"拉蒙让他们俩跟上他，"我们去网球场继续说。"

埃斯特韦斯不知所措地站着，望着探长。

"去哪里？"

"去他的办公室。"卡尔达斯解释道，跟到了拉蒙身后。

拉蒙的办公室十分宽敞，装修摆设一律都是胡桃木制成的。一块波斯地毯几乎铺满了整个地面。设立在一边的会谈区，八把皮椅围着一张巨大的办公桌，桌子中间摆着一台时髦的电话。在办公室的另一头，靠着窗摆放着一张古色古香的书桌，用作写字台。桌面上有一份摊开放着的体育报。

"呵，不想工作的话，这儿倒是不错。"卡尔达斯边开玩笑地说着，边走进了办公室。

"显然。"拉蒙四顾了一周，然后回答道。

卡尔达斯以前经常见到，每当拉蒙谈起自己富裕的生活时，同学们便难掩妒忌之情。但卡尔达斯从未嫉妒过，反而更珍惜拉蒙的慷慨与忠诚。假如拉蒙身上有什么东西是卡尔达斯想拥有的话，那也就是他的大胆直言了吧，与一向腼腆的探长截然不同。

"请坐，告诉我是什么风，竟把你们刮到这里来了。"

两位警官坐到了会议桌的扶手椅上。卡尔达斯等着拉蒙坐下才开口，开门见山地说道："福尔马林。"

"福尔马林，什么福尔马林？你说什么呢，卡尔达斯？"拉蒙问道。

"里奥制药生产福尔马林，我们想知道你们在城里的顾客名单。"

拉蒙看向卡尔达斯的眼神，就好像他说的是外国语一样。

"好吧，我们需要询问一下。"拉蒙确认了他的老同学并没有说笑，这次的确为了福尔马林而来之后，过了许久才回答道。

"对了，卡尔达斯，你父亲最近如何？"拉蒙拉住电话线，一边把电话拉向自己，一边问道。

"老样子，活在自己的世界里。我们约了明天一起吃饭。最近我们没怎么见面。明天一起吃饭，也是因为他要来市区办一些手续。假如没什么大事，他基本上不出酒窖。"

"我早就料到了。今年的酒怎么样？"

"质量似乎是一流的，但是老家伙抱怨说今年的产量少，说是得怪今年天公不作美。我懂他这话什么意思，但他一口咬定这么说。我觉得他只是爱发牢骚。现在才五月份，都已经卖完一半的收成了。"

"酒卖得太好了，"拉蒙肯定道，"去年的时候，我想起向你爸订几箱酒，竟然都卖完了，前年我也没尝上。"

"你知道他卖起酒来，一向马不停蹄。"卡尔达斯说道，就好像在责怪他的父亲一般。

拉蒙同意道：

"你和他说，我一定要尝尝今年的收成。一定要尽量给我留几瓶。假如有必要，你和他说我出得起价。"

卡尔达斯笑着指了指电话。

"我负责酒,你负责打电话。"

拉蒙按了电话上的一个按键,打开了扩音器,好让三个人都听到对话。电话呼叫的声音在办公室里显得格外清晰。

拉蒙打了几通电话。第一通为了确认一下卡尔达斯的话,看看他家的实验室是否真的生产福尔马林。第二通电话是为了找到加工福尔马林的部门。第三通才终于打对了号码。电话的另一头传来一个女声。

"溶液与浓缩物部。请说?"

"早上好,我是拉蒙。"

"拉蒙先生,太意外了!"那位女士想要收回自己脱口而出的话语,结结巴巴地说道:"对不起,拉蒙先生,我是想说……"

"没关系,我要是没吓着你,我还觉得不可思议呢。"拉蒙一边安慰她,一边朝着探长眨眨眼,"您是哪位?"

"我是卡门·伊格莱西亚斯。"

"您好,卡门,我想对您的产品咨询一个问题,现在方便吗?"

"这是我们的职责,拉蒙先生。"卡门回答道,准备好要言无不尽。

"我们生产福尔马林吗?"拉蒙问道。

"我们生产福尔马林吗?"

"我以为您的部门生产福尔马林。"拉蒙解释道。

"我们不生产,但是我们需要用到甲醛。我们向生产商购买,在溶液与浓缩物部门,我们根据客户的需求加工和装瓶。"

卡门解释道。

"您看，我有几个朋友，想要了解一下详细内容。您可以为我帮他们解解惑吗？"

"当然可以，拉蒙先生。"

"我现在把电话交给他们，卡门，但是在此之前，我想对您说，您的声音实在……"拉蒙暂停了一会，考虑了一下合适的说法，然后说道，"令人沉醉。"

"非常感谢，拉蒙先生。"卡门开心地说道。

卡尔达斯靠近电话，说道："早上好，卡门，我是卡尔达斯探长。"

"电台上的那位？"卡门声音里透出的情绪显而易见。

"您看到了吧？"埃斯特韦斯在收到探长的瞪眼之前，脱口而出。

卡尔达斯接受了卡门的热情招呼，说她们部门从不落下任何一期的《电台巡逻》节目。

探长见缝插针地把对话引回主题，说起此次来实验室的目的。

"卡门，可以了解一下，向你们购买过福尔马林的顾客名单吗？"

"所有种类的溶液吗？"

"所有种类？"卡尔达斯问道，看向拉蒙，寻求解答。

拉蒙耸了耸肩，靠近电话。

"卡门，麻烦您向我和探长解释一下这些溶液。"

"很简单,拉蒙先生,每种甲醛溶液都有不同的用途。我们有8%的甲醛溶液,用于纸张和皮革的生产,我们也有37%的甲醛溶液,一般都提供给医院,还有……"

"我找的是最后一种,卡门,"卡尔达斯打断道,"我能了解一下,你们向什么机构提供浓度为37%的甲醛溶液吗?我主要想了解一下你们在维戈市里的顾客。"

"那当然,探长。最好还是您直接和伊西德罗·弗莱雷谈一谈。他负责那块区域,在维戈市销售我们的产品,包括福尔马林。"

"如果不麻烦的话,能否帮我转接弗莱雷先生?"探长问道。

"一点也不麻烦,卡尔达斯探长,但是弗莱雷有事外出,我刚看到他出门。应该还没上车呢。如果您需要,我可以打电话给他,让他等一下您。"

"如果方便的话……"

"当然方便,卡尔达斯探长。我现在就打电话。"

"非常感谢,您太客气了。"

"没关系,探长。你们不介意的话,我先把这头挂断,趁弗莱雷还没离开,给他打个电话说一声。"

"还有一件小事,卡门,"拉蒙赶忙阻止道,他虽然丢光了头发,但从不丢掉任何机会。

"您尽管说,拉蒙先生。"

"我忍不住想知道,这般甜美声音的主人多大年纪了。"

"感谢您的夸奖,拉蒙先生,我马上就要27岁了。"

从女士柔美的语调听来，卡尔达斯知道他朋友的话一点也没有冒犯到她。

拉蒙与两位警官挥了挥手告别，关掉了扩音器，提起了话筒。

"卡门，回答我一个小问题：你喜欢航海吗？"

Pertinaz（固执的）：1. 顽固的、固执的；2. 持久的，不发生变化的。

时间已近下午一点，两位探员离开里奥制药的大楼时，顿觉炎热。大楼周边的草坪散发着除草后的浓烈气息。浇水喷头射出弧形的水线，慢慢地转向一边，喷完一边之后，迅速地转回原位。

浓密的草坪中，有一条细长的石路。卡尔达斯和埃斯特韦斯沿着路，绕了实验室大楼一圈。弗莱雷就在大楼后边的停车场等他们。

他们俩转过墙角的时候，看见一个男子正在逗着一条黑色的小狗，小狗的长毛好似脏辫一般，让它看上去就像是塔法里教的信徒。小狗摇头摆尾地向他们跑过来，扑到了埃斯特韦斯的脚边。

"我去，臭狗，滚开。"

埃斯特韦斯一脚把小狗踹开，只见一团黑色的发圈在空中划过一条线。

"埃斯特韦斯，你别那么粗鲁，只是一条小狗而已。"卡尔达斯责备道。

"管它是狗，还是什么鬼东西。您觉得它没长牙吗？"埃斯特韦斯回答道，坚信错不在己，"我就是不懂这些狗为什么总要惹我。我要是参加个什么游行活动，只要是没被牵着的狗，肯定都要往我这儿跑。"

"总之，肯定不是因为你对它们温柔，才都来找你的。"卡尔达斯轻声说道。

小狗落回地面之后，又折回来跑到埃斯特韦斯的鞋边。

"探长，您现在懂得我说的了吧，我难道不该踢上一脚吗？"

"埃斯特韦斯，拜托你少安毋躁，狗的主人过来了。"看到方才逗狗的男子正匆忙向他们走来，卡尔达斯说道。

"您看着吧，这小畜生肯定要把我的新鞋弄坏了。"埃斯特韦斯没好气地说道，终于允许小狗继续在他的脚上玩闹。

"皮波，过来，皮波。"男人走近的时候，喊道。

"去，皮波，找你的老爸去。"

埃斯特韦斯用脚推了一下狗，朝着狗主人的方向，把它抛开好几米远。

"对不起，"男子抱歉道，"皮波在车里关了一个早上，下车的时候没人能拦住它，等它的肾上腺素恢复正常之后，才会听我的话。"

卡尔达斯心里想着，无论这狗肾上腺素升到极限，还是给它打点麻醉剂，看上去都不怎么听这位主人的话。

"没关系，您是弗莱雷先生吗？"

男子把皮波从地上拽了起来，抱在怀里。

"你们就是拉蒙先生的朋友，那些电台先生吗？"

埃斯特韦斯禁不住笑出声来，卡尔达斯试着解释清楚。

"他们没说清楚。我们确实是拉蒙先生的朋友，但是我们不是从电台来的。我们是维戈市警局的警官。我是卡尔达斯探长，您的小狗的这位朋友是埃斯特韦斯探员。"

"警局？发生什么事了吗？"

卡尔达斯注意到这个男子说话时的轻颤。在卡米洛·何塞·塞拉的小说《蜂巢》中，这位作家认为害怕会引起下唇的轻轻颤动。若干年之前，读完这本书之后，卡尔达斯好几次都发现这位获得了诺贝尔奖的加利西亚作家言之凿凿。

"您别担心，弗莱雷先生，"卡尔达斯安慰他道，"和您一点关系都没有，至少和您个人没关系。"

弗莱雷放松地吁了一口气。

"我们只需要您在维戈市的顾客名单，就是经常向贵公司购买37%浓度的甲醛溶液的顾客名单，"探长补充道，"他们说这些信息应该向您咨询。"

"好的，维戈市是我负责的，福尔马林是我销售的产品之一。"弗莱雷肯定道，他仔细地想了想，继续说道："购买医用福尔马林的顾客并不是特别多，但是我需要查看我的笔记本，才能够完全确定。你们介意陪我一起走到车那儿，拿一下我的笔记本吗？"他指了指停车场，把毛茸茸的小狗随手放在了地上。

"当然可以。"卡尔达斯顺着弗莱雷指的方向走过去。

弗莱雷看上去三十来岁，肤色较深，头发剪得极短，梳向一边，留下中间的发际线，像是用火烫过的痕迹一般。他的身量比卡尔达斯要高大，穿着深色裤子，浅蓝色的衬衫和黑色的皮鞋。他应该是把领带和外套都留在了车里，炎热的天气也不允许额外的束缚。尽管如此，他看上去外表出众。卡尔达斯觉得他一定很有女人缘。

在几步之遥的地方，皮波仍然坚持不懈地围着埃斯特韦斯的脚脖子转，而后者则强忍住踹它的冲动。卡尔达斯感受到小狗即将面临危险，于是对着狗主人，把脑袋向后点了一下。

"皮波，别去烦那位先生！"弗莱雷命令道，弯着身把这只固执的小狗从探员的脚边拨开。他把它提了起来，轻轻地一抛，让它落在了他们的身前。

他们沿着石路，继续向车走去，皮波则被草坪吸引了注意力，跑开了。

"我从没见过毛这么长的卷毛狗，这是什么品种？"

"皮波？是普利犬。"

卡尔达斯对狗一窍不通，于是应声道："嗯。"

"它是一只牧羊犬，匈牙利牧羊犬。"弗莱雷解释道。

皮波最初还在草坪上四处乱跑，不久就发现了喷水龙头，于是便把它作为下一个冲击的目标。

"皮波，到这里来，你要被淋湿的。"弗莱雷命令道，显然以为这个小动物能听得懂他说的话。

小狗淋得全身湿透之后，才听了主人的话，穿过草地，向他们跑了过来。这只长得酷似歌手鲍勃·马利的小狗的黑喙中，露出了一口洁白的细齿，但牙齿中间似乎又夹着些什么。

"皮波，你嘴里叼着什么东西？"弗莱雷问道。

站在身后的埃斯特韦斯回答道：

"可不就是我的鞋带。"

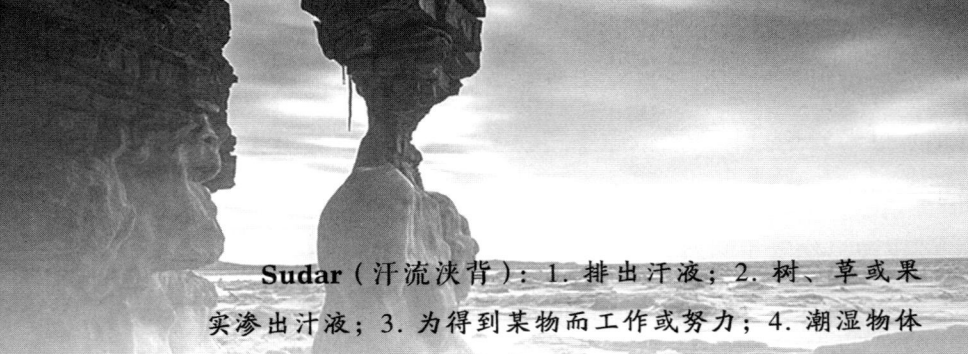

Sudar（汗流浃背）：1. 排出汗液；2. 树、草或果实渗出汁液；3. 为得到某物而工作或努力；4. 潮湿物体的孔隙中渗出水来。

埃斯特韦斯舔了舔指尖，又拣起了另一条沙丁鱼。对于卡尔达斯来说，这是这一季第一次享用，但对于埃斯特韦斯来说，则是打从出生以来的第一次。

他们原本没有打算在这里用餐，但是巴里奥的一通电话，告知了他们瑞戈萨葬礼的时间，让他们临时改变了行程。他们决定不回维戈市，就在路上随便吃一些，然后直接去参加这位音乐家的入土仪式。

拉蒙为他们推荐了波里尼奥市的一家餐厅，而他自己则宁愿去深海垂钓，而不陪同他们一起品尝沙丁鱼。埃斯特韦斯一再坚持要挑战酷暑，坐在葡萄架下用餐，而餐桌旁边就摆放着烤架，柴火用的是玉米棒子，烤架上正烤着鱼和带皮的土豆。

"领导，太美味了。"埃斯特韦斯嘴里塞得满满的，说道："我原来可受不了用手抓着吃鱼，但您说的实在没错，这样吃才更带劲。"

"我早和你说了。"

埃斯特韦斯把鱼刺扔到菜盘里,抓起了另一条。

"探长,您不觉得沙丁鱼有点小吗?"

"我们这儿有句老话:'女人和沙丁鱼,都要乘其小'。"

"我举双手赞成。"

"我就觉得这句话奇怪。"卡尔达斯喃喃自语道。卡尔达斯从盘子里拿起一块土豆,把沙丁鱼放在上面,好让土豆沾上些鱼的脂肪和咸味。

卡尔达斯用纸巾把手擦净,取来装着白葡萄酒的冰瓷瓶,把酒杯倒满。这家餐厅的酒有些酸涩,但是好在还算冰爽。他用一只手抓住鱼头,另一只手抓住鱼尾,把鱼放到嘴边,咬了一口鲜美多汁的鱼肉。接着他把吃了一半的鱼放在餐盘里,用叉子把放过沙丁鱼的土豆碾碎,把它们放在一块玉米面包上,吃了一大口,随即又拿起沙丁鱼,咬了鱼的另一边。几乎一年没有尝过沙丁鱼了,简直就是人间美味。

饱餐了一顿沙丁鱼之后,他们又吃了一些西班牙奶酪。埃斯特韦斯把椅子移近一根支撑着葡萄架的石柱,把背靠在了石柱上。他早已汗流浃背,就算是有葡萄藤的枝叶为他们遮阳,也无济于事。

"加利西亚唯一的好处,就是一点儿也不热!"埃斯特韦斯一边用手扇着,一边抱怨道。

"屋子里更凉快一些。"卡尔达斯提醒这个执意要在室外吃饭的人。

"您可别和我说,您对这片阴凉不满意,"埃斯特韦斯为他的选择辩解道,"我出汗是因为我多的这几斤肉。假如有点凉风,就再理想不过了。"

埃斯特韦斯抬起头,看向葡萄藤,为了转移话题,便问道:"把餐桌放在这些植物下面实在是奇思妙想。这些小球是什么?"

"上面的这些小球?"

"我们又开始了,探长?假如我们正抬头看着,然后我问您这些小球,我说的肯定就是我们在看的这些,又不是我身上的……"

"是白葡萄。"

"您怎么知道是白葡萄?我看它们都是深绿色的。"

"现在的葡萄串还有许多叶绿素。一开始葡萄都是绿色的。之后在转色期,白葡萄会慢慢变黄,红葡萄则会变粉。"

"那您现在是如何判断它们是白葡萄的?"

"原因很简单。首先,这里出产的几乎都是白葡萄酒;其次,这种葡萄是特雷萨杜拉,你看到这些叶子了吗?"

埃斯特韦斯向上看去。

"您这是反问句吗,还是您觉得,我吃多了沙丁鱼,吃瞎了眼?"

"随便吧,我和你说是白葡萄,你可以选择相信我,也可以在采摘季的时候,回来看看它们是什么颜色的。"

这段关于葡萄酒的谈话，使卡尔达斯想起了他的父亲。父亲越来越难以离开他的葡萄世界，回到城市生活中来了。卡尔达斯已经有好几周没见过他了，直到父亲在电话里约了见面，卡尔达斯才无法推脱。但是卡尔达斯也不确定自己是否享受明天的饭局。他又要一个人去赴约了。没有阿尔芭，也没有答案。

喝完咖啡之后，卡尔达斯看了看表。

"巴里奥医生说葬礼是几点？"

"好像是五点，是您接的电话。"

卡尔达斯趁着服务员经过他们身边的时候，要了账单。

"我们现在该准备走了。从这里到布埃乌镇要一个小时。"

"探长，总是到这儿到那儿，我们就像出租车一样。"

Cortejo（送葬队伍）：1. 参加仪式的所有人；2. 交配前的起始阶段，动物在交配前，会进行一系列仪式性的动作。

一位穿着丧服的女性不停地啜泣着。另有两位穿着黑衣的女士扶着她，防止她跌倒，但是没人试着安慰她。一群孩子站在一边，悲伤地看着瑞戈萨的母亲。

这一小片墓地呈三角形，紧邻着一座罗马式小教堂。墓地位于山顶上，山坡上长满了黄色的野花。带着城堞的墙壁汇成了四个尖顶，上面插着十字架，墓地四周围着铁栏。上山的路是一条坑坑洼洼的柏油路。从山顶上可以望见蓬特韦德拉市和阿尔丹市的海湾。潮汐退去，沙滩上潮湿的泥沙在阳光下熠熠生光。

"真美！"埃斯特韦斯爬上山顶之后感慨道。

"天气也不错。"

"我说的是墓地很美。"

"墓地？"

"嗯，这里一切都很美。说不上来……也许是长满苔藓的石头，十字架还是什么，总之我家那里的墓地可不是这样的。"

卡尔达斯驻足观赏了一番。他从未留意过墓地的美景。他本以为在墓地只能找到令人哀伤的回忆，但他承认埃斯特韦斯说的不无道理：这个墓地美不胜收。

墓地的中间有两座宏伟的墓碑，带有小的厅室。尽管这两座巨大的墓碑四周，围绕着近三十个墓穴，但大部分死者都被摆放在了壁龛里。它们在墓地两边的墙上分列了四排，好似蜂窝一般。绝大多数的壁龛上都插着花，有些已经枯萎，有些则开得茂盛；也有的壁龛上点着蜡烛。一面墙上的壁龛几乎都是空的，好像在提醒着来人他们的归宿。

警官们站在其中的一块大墓碑之后，没有过于靠近人群。他们听着那位母亲的哭诉声，看着掘墓人用铲子将水泥填满墓穴。他站在梯子上，一下接着一下地拓平地面，就好像在向在场的人显摆他纯熟的技艺。这位悲痛欲绝的母亲不想与儿子永别，每一铲都伴随着她沉重的喘息声。看着掘墓人没完没了地敲打着地面，卡尔达斯几乎忍不住想要喊出声制止他。不知这位掘墓人的工作效率在雨天是否也如此这般。

送葬的队伍并不十分庞大。卡尔达斯站在高处数了数，不到四十人。瑞戈萨的母亲和其他几位女士一起，也许是亲戚，或者是邻居，她们站在了最靠前的位置。镇子上的几个男人，在弥撒期间站在教堂外面抽着烟，此时也走到了坟墓旁。队伍里有几个孩子，是瑞戈萨的学生。探长早就看到有一辆面包车停在墓地门口，车上带有维戈市音乐学院的标志。

几名穿着波西米亚风格服装的人，看上去也不像本地人。其中的几个人应该是死者的爵士乐队里的同伴。一眼就能分辨出他们是城里人。这群人当中有一个红发男子，几乎和埃斯特韦斯一样高。探长把乐队成员的名字都写在了纸上，以防自己忘记：阿瑟·奥尼尔，伊利亚·莱多。红头发的这位想必就是奥尼尔了。

另一位白头发的男子，一个人站着，看上去也不像这个镇子上的人。他穿着笔挺的黑色西装，站得离人群不远不近。他一直低着头，手掩着面，太阳照在他的白发上熠熠生光。探长觉得这个男人似乎在哭泣，痛苦的泪水在春天的艳阳下显得有些不应景。

探长几乎从未见过这么白的头发。绝大多数的白发或多或少都夹杂着灰色或者金黄色的发丝，但是这一头白发却白得纯粹。

埃斯特韦斯一直站在后面，他躲在背阴处乘凉，靠近一块大墓碑的墙边。他轻轻地喊卡尔达斯过去。

"怎么啦？"卡尔达斯轻声问道。

"探长，您看这个墓志铭。"

埃斯特韦斯指了指地上的一个坟墓。

探长读了读刻在大理石上的墓志铭：安德烈斯·莱马·科托长眠于此。汝于7月23日，逝世于这一片大海，它于1981年8月4日将汝归还入土。妻感恩之至，长伴于子身边。

"她感激带走她丈夫的大海？"埃斯特韦斯问道。

"不是，她感激的是大海归还她的丈夫。"

"但是它没把他活着还回来呀。"埃斯特韦斯不解地说道。

"靠海生活的人都知道风险。所有人都知道他们随时可能死去。死亡不会引起焦虑，但没有尸体可寻才会令人不安。假如一艘船沉没了，但是尸首没有浮出海面，那么人们只能在陆地上为那些幽魂哭泣。这个妇人还有丈夫，尽管他躺在墓地里。那些失踪人口的妻子永远失去了丈夫。她们变成了寡妇，每天早上伫立在海边，不断地追忆亡灵。如此日复一日，毫无应答。"

"这么说来，倒是……"

卡尔达斯走回墓碑的另一面。掘墓人已经放下了铁铲，从梯子上走了下来，对自己完成的下葬仪式感到十分满意。墓碑要从采石场运过来，几天以后才能放上，但棺木已经安置妥当，逝者的母亲也可以离开了。

离去之前，瑞戈萨的母亲接受了在场的亲友的哀悼。孩子们排成一队，一个接一个地上前亲吻，表达哀痛。几个孩子说的话语，还让这位母亲展露了片刻的笑容。

警官们看着这位母亲离开。镇子上的一个女人扶着她的肘，神色凄然。卡尔达斯对这种噬人之痛感同身受。但愿这位母亲并不知道儿子死时的情状。

卡尔达斯看了看周围，用目光搜寻那位白发男子，结果一无所获。他和埃斯特韦斯刚才聊到死亡和大海的时候，这个男子已然离去。坟前只剩下他刚认出的那几位乐手。

"探长，我们下一步做什么？"埃斯特韦斯急不可耐地问道。

"暂时就等在外面吧。"探长点了一支烟，回答道。

他们站在门外一直等着,直到那群音乐家走出墓地。等他们所有人都走出来之后,卡尔达斯掏出口袋里写着名字的纸条,走向那个爱尔兰人。

"阿瑟·奥尼尔先生?"

这名男子带着明显的外国腔,回答道:"我是。"

"我们可以谈谈吗?就几分钟。"

卡尔达斯抽了一口烟,把烟头扔到了地上,踩了踩。他们俩随即离开了人群,探长低声介绍道:

"不好意思在这样的情况下打扰您,但是事关重大。我是维戈市警局的里奥·卡尔达斯探长,我想……"

"您就是电台上那位?"音乐家插口道。

"正是。"卡尔达斯简直不能相信自己的耳朵,这位爱尔兰人居然也知道《电台巡逻》这个节目,"我想问您一下,什么时候能和你们,瑞戈萨乐队的成员们谈谈。"

"您稍等,"奥尼尔转回身面向人群,喊道,"伊利亚,你能过来一下吗?"

一个小个子女人向他们走了过来,眼睛哭得红肿。伊利亚脸上挂着的黑眼圈,突显出了她苍白的面色。

卡尔达斯又向她解释了一遍这次仓促拜访的缘由,伊利亚反而坚定地表态,只要能让瑞戈萨的死亡原因大白于天下,他们将全力配合。他们今晚想要在圣杯酒吧为瑞戈萨办一个悼念演奏会,十点开始演奏。十一点半之后,他们可以仔细聊一聊。

卡尔达斯觉得用音乐,而不是用哀悼仪式来悼念死者,这个主意不错。

"您知道的,表演必须继续下去。"奥尼尔神色悲戚地告了别,似乎读出了探长的心思。

Bravo（生猛的）：1. 勇敢无畏的；2. 形容凶猛的动物；3. 形容波涛汹涌的大海；4. 形容贫瘠的土地；5. 易怒的，十分容易生气的；6. 呼语，表达赞同或激动。

尽管成年之后就再没有去过，但是卡尔达斯还能清晰地回忆起，那些种在拉帕芒海滩边上的树木。记得那里轻盈的沙粒，比寻常的沙滩都要白上许多。岸边停泊着小船，船身散发出的涂料味、大海和木头的气息，时至今日都还鲜活地保存在他的记忆中。他以往还不知道时间会如何改变这般景致，但是这几十年来，海岸已经变得越来越丑陋不堪。既然都来了，卡尔达斯决定冒险一试，和他的助手在海滩上整顿一下。

他们从墓地驱车下山，沿着一条公路前行，公路沿着海岸线，两边种满了松树和桉树。埃斯特韦斯慢慢地开着车，卡尔达斯已然不记得岔路口的准确位置了。没开几公里，他们就看到一块指路牌。探长本能地觉得这不是什么好兆头，但是"幸运"的是，岔路极其之窄，尽头处就是沙石，只有几辆车的泊位。

停完车之后，警官们走下了几级石阶，随即便感到了踩在海滩上的沙沙声。海滩上几乎空无一人，只有一个年轻女人，带着她的两个孩子晒着日光浴，另外还有一名女子在岸边拾拣着海藻。

岸边有两三座石头房子，卡尔达斯儿时的记忆中没有它们的踪影，但也没准儿那个时候就已经在了。小船已经不见了踪影。

他们坐在了树下，这些树还和记忆中一般，竖立在岸边。卡尔达斯抓起一把沙子，让它们顺着指缝漏下。沙子还一如以前一般白细。

"探长，这沙滩真不错。几乎成了咱俩的了。简直就是天堂，这儿一直都是这样的吗？"埃斯特韦斯左顾右盼道。

"夏天人会多一些，但是从来不会人满为患。"

埃斯特韦斯更熟悉的是地中海沿岸的沙滩，一年四季都几乎一成不变。他不禁对退潮之后露出的大片海滩感到好奇，脱下了鞋袜，就往水中走了过去。

探长躺倒在沙滩上，闭着眼睛，在脑海中分析着案件的细节。假如今晚在和爵士乐手们的谈话中也一无所获的话，那么福尔马林就是他眼下最好的线索了。医用福尔马林虽是常用药品，但是巴里奥医生证实了，只有专家才会知道把这一溶液注射到人身上的效果。这说明凶手应该是病理解剖学家，或者是病理解剖室的医护人员。卡尔达斯自我安慰着，好歹不是来自从业人员众多的行业。而且，一一过问他们每个人的性取向，未免有些不妥当，但时至当下，同性恋也不需要藏藏掖掖的了。在里奥制药，弗莱雷给了他们医院的名单。名单中有维戈市总医院、综合医院和苏里亚加基金会三所医院。里奥制药尽管不是唯一出售福尔马林的公司，但至少在业界十分有地位，再者，他们也需要抓住一个点展开调查。此外，还有瑞戈萨的车，总有一天会出现的。

拾海藻的女人经过探长身边，她头上稳稳地顶着一个草篮，捡起来的海藻满满地塞了一箩筐。海风吹着卡尔达斯的面颊，他静静地躺着，看着树上的叶子，在他的脑袋上方轻轻摇曳。另一边的那位母亲一直和孩子们玩闹着，他于是想到了阿尔芭。他能理解阿尔芭想要成为母亲的期盼，但是令他痛心的是她不明白，要孩子是需要慎重考虑的一件事，不能够任性妄为，而且，这个决定对两个人都有影响，需要两个人达成共识。他早就听闻，孩子是造成夫妇发生矛盾的导火线。他一直觉得这句话有道理，现在孩子还就只存在于假想中，就已经烽烟不断了。

"水有些凉。"埃斯特韦斯湿着脚从海边走了回来，对探长说道，"但是天气这么热，要是能在海里游那么一会儿，我肯定能精神焕发。您肯定觉得穿着内裤游泳……"

"不会，"卡尔达斯也没看他，说道，"只要今晚能赶上音乐会，我不介意。"

埃斯特韦斯转眼间就脱下了衣物，向海里冲去，踢得一路沙尘飞扬。

卡尔达斯坐起了身，掸了掸身上的沙子，看着一百三十来公斤的埃斯特韦斯，穿着内裤，在退了潮的拉帕芒海滩上奔跑。看着他跳进海中，就像一匹奔驰的野马，激起千层浪花，卡尔达斯不由得想到生活在东大西洋的、生猛的条长臀鳕。

埃斯特韦斯咒骂着走出海水，把重心压在一条腿上，两只手抓着另一只脚。

Desafinar（使走调）：1. 使声音或乐器走调；2. 在对话中，说话冒失或不合时宜。

卡尔达斯探长离开艾利希奥酒馆时，已是晚上九点半了。太阳早已落下，但是天空中还依稀留存着些光亮。

艾利希奥酒馆中弥漫着木石材料的香味和智慧的气息，但它远不止于此。它深藏着的秘密并不为人所见，而是躲在顾客视线所及之外的小小厨房之中，这座城市中最鲜美的章鱼就是在这里烹调的。卡尔达斯一边坐在吧台就餐，一边和老板卡洛斯聊天，几位教授坐在邻桌，正热烈地辩论着。

卡尔达斯点了一小份炖牛肉，牛肉是用小火炖的，配菜用的是蘸了橄榄油和甜辣酱的土豆，还有一大块扇贝肉夹饼，正是他喜欢的做法：夹饼又薄又脆，里面夹着贝肉和洋葱丁。卡洛斯在就餐前，就为他们俩开了一瓶白葡萄酒。谈兴正浓之时，又开了一瓶。

卡尔达斯走过亲王路，穿过太阳门，路过旧时老城的一座拱门。他沿着石板路而下,右手边经过大学图书馆和主教的房子,然后选了一条通往大教堂的小胡同,冲着教堂相反的方向,走到了甘博阿大街上。圣杯酒吧就位于这条街的 5 号。

从外观上看,圣杯酒吧像是个英式酒吧。外墙是白色的,面积不大,用深色木框作为装饰。门框和斜边玻璃窗的窗框用的都是相同的木料。酒吧的大门上罩着一个双坡屋顶,铺着板石,就好像顶着一个帽檐,向外伸展到胡同的上方。

从里面看去,酒吧很宽敞,右边是长长的吧台。其他地方摆放着数十张桌子,一般都是四人一桌,五人一组,几乎座无虚席。墙上挂着许多爵士乐演奏大家的相片。此时音响里正播放着科尔·波特的歌曲。

卡尔达斯走近挤满了人的吧台。因为不想混酒喝,趁着人少的时候,他点了一杯葡萄酒。舞台设置在酒吧的最深处,那个爱尔兰人正坐在板凳上,调试着他的低音提琴。他的边上摆着一架黑色的钢琴,上面放着一个话筒。

他看了看左右,发现伊利亚也在吧台旁坐着,就在离他几米开外的地方。她化着妆,但仍然难掩深重的黑眼圈。卡尔达斯点了一支烟,向她走了过去。

"晚上好。"

"卡尔达斯探长。"伊利亚一眼就认出了他,招呼道,"我们以为演出完了之后您才会到。"

"我想在这里不仅能聊天,还能听到优美的音乐。"探长解释道。

"以往的夜晚才是最美妙的。"伊利亚说道。

"您说得对，我为您的朋友感到遗憾。"

卡尔达斯顿了顿，伊利亚感激地点了点头。

"没有瑞戈萨上台一块儿演奏，一定很难适应吧？"

"确实不容易，探长。"

伊利亚接过服务员递过来的两杯酒，换了个话题，问道：

"您喜欢爵士乐？"

卡尔达斯点点头。

"我在这儿从没见过您。"

"我总是去那么几个酒吧。"探长解释道，"但我在家经常听爵士乐。我之前只来过这里一次。"

"您知道吗，您这次来可是挑了个最糟的时候。"

卡尔达斯本也知道，但是她的语气听起来没有责怪之意，反而多了些诚挚的悲痛。

"是的。"卡尔达斯答道。

"我们一会儿再谈，探长。演奏马上要开始了。"

伊利亚转过身，两只手上分别拿着一杯酒，穿过一张张桌子。卡尔达斯一直注视着她的背影。走上演出台之后，她把一杯酒递给了奥尼尔，又在另一个酒杯上抿了一口，随即把它放在了地上，坐到了钢琴前。

背景音乐停了下来，灯光逐渐变暗，直到几乎漆黑一片，只剩下吧台微弱的灯光和每张桌子上的烛光，微微点亮了酒吧。

爱尔兰人拉奏着低音提琴，声音凄切，打破了等待中的静谧。此时从屋顶照下来一束光，打在了面色惨白的伊利亚身上和黑色的钢琴上。她阖住双眼，手指在键盘上往来穿梭。卡尔达斯听过这首歌曲：格什温兄弟的《拥抱你》。音色低沉，节奏缓慢。演奏这首歌一定要带有感情，伊利亚显然已经如痴如醉。

一首歌曲弹罢，响起了经久不息的掌声，伊利亚一口喝完了酒，把嘴移近话筒。她当众解释了瑞戈萨的缺席，尽管卡尔达斯觉得绝大多数在场的观众早就听闻了他的死讯。她悲伤地说道，想要在今晚献上对瑞戈萨的哀思，并向观众们请求了原谅，因为白日里的沉痛一直挥之不去，最后才向观众们介绍了弹奏提琴的奥尼尔。

他们又弹了几首曲子，卡尔达斯以前也没听过。也许是因为他们还是按照瑞戈萨同台时的演奏方式，缺了吹奏萨克斯管的旋律，他自然无法辨识。

之后有一位叫作赫尔曼·迪亚斯的乐手，带着手摇琴上了台。卡尔达斯早就听说现在流行将传统的加利西亚乐器融入到爵士乐队中。这是他第一次听到这种融合，觉得十分新鲜。他们弹奏了一首查理·帕克的《劳拉》，手摇琴弹奏的是原本萨克斯管的旋律。凯尔特人的这一古老乐器与萨克斯管的音色全然不同，用弦乐器也无法替代吹奏乐器，但是手摇琴凄凄咽咽，就像在悲泣一般。今日，此曲不是帕克为劳拉而泣，而是为了瑞戈萨而哀泣。

演出以伊利亚献给瑞戈萨的乐曲《天使之眼》而谢幕。

卡尔达斯对死者那颜色宛如水一般的瞳孔印象深刻，《天使之眼》这首歌名也恰如其分。

> 为何天使之眼不在我的身边,
> 哦,我的天使之眼现在何处。

从吧台处,能听到伊利亚泣不成声地唱着,探长想这便是最好的道别礼物了。

> 请你原谅我的离开,
> 天使之眼,天使之眼。

演出结束后,卡尔达斯、伊利亚和奥尼尔坐在了离吧台最远的餐桌边。他们说瑞戈萨不仅是个正人君子,还是一位出类拔萃的音乐家,他只为了萨克斯管而生。他一般下午去音乐学校,晚上就在酒吧里待着。

他们聊了一些无足轻重的内容,直到卡尔达斯问道:"你们知道瑞戈萨出柜了吗?"

"我们怎么可能不知道呢?"伊利亚回答道,卡尔达斯略感到有些窘迫,"我们几乎天天都待在一块儿。瑞戈萨不是那种讳莫如深的人。他并不四处张扬,但是假如有人问他,他也一定会如实相告。您见过他的眼睛吗?"

"他的眼睛?"自从去过瑞戈萨在托拉亚大楼的公寓之后,探长就对这双眼睛无法忘怀。

"瑞戈萨的眼睛,"伊利亚多此一举地解释道,"他的眼睛就像磁石一般,吸引男人和女人。他不可能一辈子掩饰自己的性取向。他和谁有过关系很重要吗？"

"凶手是在床上将他杀害的。"卡尔达斯解释道。

"没人和我们提过这个。"

奥尼尔无法理解这起案件的缘由。

"瑞戈萨是个普通人，"他带着浓重的口音说道，"从来不惹事，也没人想要伤害他。"

"但是确实有人这么做了。"

"我们知道，是我们去认的尸。瑞戈萨的脸上写满了痛苦。"伊利亚悲痛地说道。

卡尔达斯想道，幸好他们没有看到瑞戈萨身体的其他部分。

"你们去认的尸？"

"我们不去的话，就只能他母亲去。她太可怜了，下葬的时候，我都以为她也要随之而去了。"伊利亚说道。

奥尼尔想到送瑞戈萨入土时的场景，脸上流露出悲痛的表情。

"瑞戈萨想要被火化。"他哀叹道。

"瑞戈萨和你们谈起过这个话题？"

"探长，您还记得我们是乐手吗？我们仨在这个酒吧度过了无数个夜晚：伊利亚、瑞戈萨和我。有时我们也喝一杯，聊聊天，幻想幻想。聊的也不过这些话题：婚礼、旅行和葬礼。瑞戈萨提到过死后想要被火化，还想让我们把他的骨灰撒向大海，和海鸟一道……和查理·帕克一起组个乐队。"

卡尔达斯点了点头。

"那你们为什么不按照他说的做？"他接着问道。

"要是您的话，会这样和他的母亲说吗？瑞戈萨他……"伊利亚立刻反驳道，"他是独生子。瑞戈萨搬来维戈市住，已经让她很不满了。瑞戈萨从小就没有父亲，您知道的……"

探长领会了伊利亚的言下之意。在加利西亚省的乡下，一位年长女性单独抚养孩子倒也不足为奇，更不会引人非议。一位没有子嗣的年长女性，家里无人耕种土地，等同于没了生计。尽管如此，瑞戈萨依然选择了自己的路。

"你们知道他是否有对象吗？"卡尔达斯问道，看向面色苍白的伊利亚。

"瑞戈萨吗？据我所知没有。"

伊利亚感到有些讶异，看向奥尼尔，他也摇摇头。

"瑞戈萨如果想让我们知道，就会对我们说，我们也不多问。也许他有经常交往的对象，但假如真的有什么重要的人，他肯定会和我们说。你觉得呢？"

奥尼尔点了点头，表示同意。桌子中间摆放着的蜡烛照着他的红发，莹莹发光。

伊利亚接着说道：

"我们知道有几次演奏完之后，他去了沙街的一个酒吧，但是我不记得名字了，奥尼尔，你知道我说的那个吗？"

"田园酒吧？"

"对，就是这个。也许他觉得那里有什么有趣的玩意儿吧。他有时候晚上会去，但是我不觉得瑞戈萨有双重生活。他这样的生活就已经够丰富了。"

奥尼尔在聊天的这会儿，喝了两大杯啤酒，告辞去了洗手间。卡尔达斯和伊利亚坐在一起。他又取出一支烟，把烟头靠近烛火点燃。

"还有，瑞戈萨的公寓让我感到有些意外。演出收入这么丰厚吗？"

"丰厚吗，探长，每个人都拆东墙补西墙。"

"这里赚的钱和在音乐学院当替补老师的工资，似乎也不足以支付在托拉亚大楼的复式公寓吧。"

"瑞戈萨没必要省吃俭用，探长。他压根没想过要组建家庭。"

探长内心也深以为然，这时伊利亚突然说道：

"您的朋友来了。"

"什么？"

伊利亚指向酒吧入口。

"门口站着的那个大个子，他和您一起去了葬礼吧？"

卡尔达斯看着埃斯特韦斯跌跌撞撞地走向吧台，把身子靠在吧台上。

"你记性不错。"卡尔达斯赞许道。

告别之前，卡尔达斯问道：

"你在墓地的时候，有没有留意到一位优雅的男性？一个白发男子。"

"是的，我留意过他的头发和装束。他的头发苍白，外套很考究，他是谁？"

"我不知道。我想和他聊聊，但是你们离开的那会儿，他已经走了。你能问一下奥尼尔有没有见过他和瑞戈萨一道吗？"卡尔达斯对没有看见这位男子的面容感到遗憾。

"没问题，探长。"

他们站起了身，荧光灯把伊利亚惨白的面容映成了蓝色。他们握了握手。

"伊利亚，十分感谢。让你回忆这么痛苦的事，我也是不得已而为之。"

伊利亚让他不必抱歉，于是卡尔达斯把自己的名片递给她，上面写着他的手机号。

"假如你想到什么，一定要给我打电话。有时候，一些不起眼的小事……"

伊利亚把名片拿在手里，也没有看一眼。

"上一次是什么时候？"她问道。

"什么？"

"演出前您和我说，您以前来过一次圣杯酒吧。我们哪来的这份殊荣？"

"那次是来听一位美国的钢琴家弹奏，没记错的话，他叫作比尔·加纳。他们说他是埃罗尔·加纳的儿子。你知道我说的是谁吗？"

"当然，您说的是阿波罗。"

"阿波罗？"

"比尔·加纳的小名是阿波罗。我不知道他是谁的孩子。他自认为是黑人音乐家，塞隆尼斯·蒙克的接班人，但我觉得他可没那水平。有些事情上，长得黑也无济于事。他应该是在里斯本定居，但是每年都会到这里来一两次。应该是在这里有个女朋友。"

"你似乎和他不对头。"

"阿波罗？我们关系还不错，但是他总是弹错调。您可别和其他人说。"探长今晚第一次看到她展颜。

伊利亚走的时候，卡尔达斯待在原地目送着她，看着她小小的身量在酒吧的顾客之中穿梭。他把烟头在邻桌的烟灰缸里掐灭，然后走向了吧台，去找埃斯特韦斯。

"你出现的可真是时候。"

"探长，既然咱们约好晚餐后见，我就晚餐后出现。而且，我都快不能走路了，到家之后，我就只能把脚翘得高高的。拜那些像球一样的食人鱼所赐，我的脚趾肿得像香肠一样。"

"条长臀鳕。"

"对，就是这鱼。下次老子要是下海的话，一定要把枪带在身上。"

Brusco（粗暴的）：1.粗暴的，暴躁的；2.快的，迅速的；3.一种百合科的灌木，深绿色，具有叶状枝，叶子呈椭圆形，带有叶尖，叶子中部长花，呈白色或绿色；4.丰收时丢下的数量不多的东西。

离开圣杯酒吧之后，仅仅四百米的路，他们走了大半个小时。埃斯特韦斯把杨树广场的所有凳子都坐了个遍，不停地抱怨着自己的脚疼。每停一次，他都会吐出些新颖的脏话。

尽管是工作日，沙街上的酒吧还是人山人海。走在热闹的人行道上的时候，卡尔达斯想起电台的那位抱怨晚上被吵得睡不着觉的听众。按理来说，应该接到更多这样的投诉电话才对。

将近凌晨一点的时候，他们终于走到了田园酒吧的门口。一条红色的绒带拦住了他们的去路。

"晚上好。"卡尔达斯说道。

一个穿着吊带背心的门卫拉起了带子的一头。

"晚上好。"

"探长，您如此长途跋涉，就只为了喝一杯？"埃斯特韦斯看到自己负痛走了那么久才到的目的地，忍不住抱怨道。

卡尔达斯一路上尝试过两次，想要告诉他的这位助手，他们要去的是瑞戈萨喜欢的一家同志酒吧。埃斯特韦斯每次都打断他，抱怨着脚被鱼咬得有多疼。

"你觉得呢？"

"我怎么知道，在这里，要得到"是"或"不是"这样简单的答案实在太难了。"埃斯特韦斯低声说道。

"别说了。"卡尔达斯打断道，他受够了埃斯特韦斯的抱怨。

他们走进了酒吧，里面灯光晦暗，电子音乐的高分贝让人不堪忍受。十几个年轻人在舞池中间跳舞，吧台处坐着五个年轻人。

埃斯特韦斯坐到了舞池边上的一把椅子上，他把一张桌子拉近身，好让他受伤的腿翘在桌上。卡尔达斯让他在这儿等着，自己走向吧台，前来招呼他的这位服务员的衬衫紧得快要被扯开了似的。

"喝点什么？"

"你们有什么葡萄酒？"卡尔达斯问道。

"酒窖的酒，吾之阳。"服务员不冷不热地回答道。

"给我一杯啤酒。"探长改了主意。

这位穿着紧身衬衫的服务员望向埃斯特韦斯，问道：

"那个壮汉呢？"

"给他也来一杯啤酒。"

服务员拿着啤酒回来时，卡尔达斯从夹克的里袋中掏出瑞戈萨的相片放到桌上，把照片转到服务员的面前，好让他看清楚。

"你认识这个人吗?"卡尔达斯问道。

"这里谁都不认识谁,这是酒吧的规矩。"年轻人打断他的话头,看都不看一眼照片。

卡尔达斯在照片上放上一张 50 欧元的钞票。

"这也就够买一杯啤酒。"服务员看到钱之后说道。

待卡尔达斯又添上一张面值一样的钞票之后,服务员才好像恢复了记忆一般。

"啤酒算我请你们的。"说着,他把这 100 欧元塞到牛仔裤后面的口袋中。"他们把照片上的人叫作小眼睛,是奥雷斯特斯的朋友。"

"谁的朋友?"

这位穿着紧身衬衫的服务员向上指了指,重复道:

"奥雷斯特斯的朋友。"

卡尔达斯看向服务员手所指的舞池上方。一个玻璃隔间,用粗钢丝绳吊在天花顶上,作为 DJ 的控音室。里面站着一个极瘦的年轻人,正操控着混音台。一副硕大的耳机罩在他的光头上。

但愿他的这副耳机能比他在电台戴的那副更舒服,卡尔达斯感同身受。卡尔达斯一直想知道洛萨达的耳机是不是也像他的那般难受,忍不住纳闷了好几次。他总觉着洛萨达给他挑了一副不好戴的耳机,特意刁难他。

卡尔达斯端起酒杯,回去找埃斯特韦斯。他的这位把脚高抬在桌上的助手,向他比画了一下,让他过去。

"探长,您身后那两个坐在吧台旁的男人正在亲嘴。"埃斯特韦斯附在他耳边说道。

"嗯。"卡尔达斯简单地回答道。

埃斯特韦斯向四周观察了一番。

"探长,我对这些没什么抵触,爱和谁睡和谁睡。"埃斯特韦斯一直关注着自己的脚疼,刚注意到他们在一个同志酒吧里。

"你留意你的啤酒吧,看管好我的,我马上回来。"探长把酒杯放在桌上,埃斯特韦斯的伤脚边。

探长穿过大厅,走近通向那位奥雷斯特斯的工作间的楼梯。探长不喜欢攀爬这种不牢靠的铁架构,但除此之外,没有引起这位打碟手的注意力的其他方法。当他走到房间门口时,从夹克口袋里找出瑞戈萨的相片,然后敲了敲玻璃。控音室两边的音响轰轰作响,卡尔达斯不得不多敲了几下门,直到敲门几乎变成了砸门,这位年轻人才留意到探长,打开了门。

"我正在工作。"他大声喊道。

"你是奥雷斯特斯?"

奥雷斯特斯肯定地点了点光头,探长给他看了看瑞戈萨的相片。

"不行,小眼睛好几天没来了,您只能另找他人了。"奥雷斯特斯把嘴巴凑近探长的耳朵说道。

卡尔达斯不愿浪费时间。

"我需要你回答几个问题,我是警察。"

"你是?"奥雷斯特斯皱了皱眉,光光的额头上尽是皱纹。

卡尔达斯给他看了看警徽。

"里奥·卡尔达斯。"探长吼道。

"电台的那位？"

令人难以置信。

"正是，电台的那位。你可以把音量关小一点吗？"探长指了指震耳欲聋的音响，要求道。

"这是个酒吧，探长，音乐可不能停。"

"那我们去另外一边。"卡尔达斯吼道。

"我正在工作，探长。"

卡尔达斯伸出右手的五个手指头。

"我只占用你五分钟。"

奥雷斯特斯点了点头，探长沿着摇摇欲坠的台阶走下楼，试着不往下看。

站在舞池边上等着奥雷斯特斯的时候，卡尔达斯抽空看了一眼被留在原地的埃斯特韦斯，不禁愕然，见他已经把鞋袜都给脱了，光着脚丫子，肆无忌惮地把光脚搁在桌面上。

奥雷斯特斯过来找他时，探长问道是否有地方能安静地说几句话。奥雷斯特斯把他领到杂乱的酒库中，酒库的门略微挡住了些音乐。

"探长，有何贵干？时间不能太久，两首歌之后我就得回控音室。"

探长点了一支烟，递了一支给光头青年，然后又把瑞戈萨的照片给他看了看。

"他叫瑞戈萨，是位乐手。"奥雷斯特斯说道。

"是的，我知道他的姓名。关于他，你还知道些什么？"

"我不怎么了解他，探长。他不是我们的熟客，每次来这里，待的时间也不长。我们聊过几次，但聊得不多。我觉得他不太喜欢这个酒吧的氛围。"

"你最后一次见他是什么时候？"探长问道。

"说实话，我已经很久没见他了。我刚和您说了，他不是熟客。他每次约到人之后就会离开。您懂的。"

"我不太懂。"

"假如和某个人看对眼了，就会马上离开，他不是那种留下来打发时间的人。"

听着仓库门后喧闹的音乐声，卡尔达斯不难想象瑞戈萨想要尽快离开此地。探长并不是第一次来同志酒吧，每次都觉得这里的人除了有共同的性取向，其他方面都天差地别。

"他以前有男朋友吗？"

"小眼睛？据我所知，没有……您为什么说以前？"

"因为他死了。"卡尔达斯冷静地回答道。

"什么？"奥雷斯特斯似乎没有理解探长的意思。

"被你称呼为小眼睛的这个人，昨日被人发现绑在床上死了，是被谋杀的。"卡尔达斯故意说得粗暴些。

听到这个消息，奥雷斯特斯呆若木鸡，卡尔达斯感觉到了他下唇的痉挛。

"天哪！是真的吗？"奥雷斯特斯问道。

"千真万确，因此我才找到这儿。我们认为很有可能是他的情人把他杀了，也许你认识。"

奥雷斯特斯用手摸了摸他的光头，就好像在思索答案一般。

"你是否认识瑞戈萨的情人？"探长又问询了一遍。

奥雷斯特斯用湿润的眼睛看了一眼探长，说道：

"探长，这个世界不存在情人。不是夫妻，就是玩玩而已。像瑞戈萨这样的人，想要找谁都可以得手，您自己算算吧。"奥雷斯特斯指了指朝向舞池的门，接着说道："所以，我也不知道……我见过他和许多人聊过。我需要回忆回忆，我们能换个时间聊吗？我现在得回控音室。"

"明天怎么样？"

奥雷斯特斯有些羞怯地答应了，于是探长接着问道：

"早饭之前可以吗？"

"探长，我早上七点才离开这儿。"

"你几点钟方便？"卡尔达斯步步紧逼。

"我不知道……下午比较好，五点怎么样？"

"好的，我到这儿来找你？"

"这里不方便，"奥雷斯特斯匆忙说道，"您知道墨西哥酒店的位置吗？"

"车站附近那个？"

奥雷斯特斯点了点头。

"酒店一楼有个咖啡厅。我们五点在那里见？不好意思，我现在无法帮忙。"奥雷斯特斯一边匆忙地离开储藏室，一边道歉道。

卡尔达斯把烟丢在地上，用鞋底将它踩灭，跟随在奥雷斯特斯身后。

"还有一件事儿，"卡尔达斯按住奥雷斯特斯的肩膀，好让他面对面地听他说话，"你认识瑞戈萨的一个朋友吗，他的头发是纯白色的？"

奥雷斯特斯没有作声。

"头发很白，非常地白。"探长接着说道。

"非常白？我不认识这么个人。"奥雷斯特斯的嘴唇不住地颤抖，"不好意思，探长，歌曲马上就要放完了……我得回楼上去了。"

奥雷斯特斯匆匆忙忙地跑上楼，卡尔达斯看着他走进玻璃房间，觉得他似有隐瞒。也许他并没有说谎，他说的话听起来不假，但又似乎有所保留。他听到瑞戈萨死亡的消息，反应过于激烈。卡尔达斯分析出他的反应有两种可能性：他不只是认识瑞戈萨那么简单，或者这个光头青年有所畏惧，或者两者兼而有之。假如卡尔达斯所料不差，那么明天的见面肯定会收获颇丰。一个无眠之夜，一定能让奥雷斯特斯回忆起许多。如果，这不会让他产生逃跑的念头的话。

卡尔达斯动身去找他的助手和啤酒，却发现不远处的地方人潮涌动。埃斯特韦斯高出人群半个头，他一只手挥舞着手枪，另一只手拿着鞋子，正发了疯了似的大吼大叫。卡尔达斯离得远，音乐声又震耳欲聋，他只好移近几步，才能从喧嚣中分辨出埃斯特韦斯的话语：

"谁靠近我两米之内,我就毙了谁。"

两位警官又走在了热闹非凡的沙街上。

"你受不了同志?"

"他们如何,和我一点不相干。"埃斯特韦斯咬牙切齿地回答道,一边目视着前方,一边一瘸一拐地走着。"我受不了的是有人来给我做足部按摩。"

"别人只是过来表示亲近,你居然把他的鼻子打歪了?"卡尔达斯指责道。

"他以后拿耳朵吸粉就可以了呀。"埃斯特韦斯回答道,没有一丝反省的意思。

"埃斯特韦斯,不能再有下次了,你不能控制你的行为吗?"

"假如没有克制住的话,我早就给他两枪了。"

"你也就只剩下没开枪了。"卡尔达斯回想起那个男人的脸说道。

"您可别再夸我了,探长,假如我的脚没事的话……"埃斯特韦斯突然在人行道上站住身,"您能告诉我,咱们去那个鬼地方干什么吗?不是为了让那个蠢蛋给我的伤口做个按摩吧?"

"瑞戈萨喜欢男性,有时会来这个酒吧。"卡尔达斯回答道。

"您看到了吧?我早就和您说过,他不仅仅只吹萨克斯管的乐手。"

"好了,回家休息吧,明天我再告诉你余下的。"

卡尔达斯回到家的时候,已经是凌晨两点十五分了。他躺在床上,注视着天花板,无法按灭脑海中的那一抹灵光,从昨天开始这道微光就一直在他脑海中徘徊,提醒着他在检查瑞戈萨的公寓时一定遗漏了什么。

待卡尔达斯陷入沉睡之后,这抹灵光也消逝不见了。他梦见了一双苍白的手和黑白色的钢琴键盘。

Leyenda（传说）：1. 对于想象的事件或神奇的事件的描述；2. 叙述这些事件的文学创作；3. 钱币、徽章、石碑等上面的雕刻；4. 偶像，某个人具有无法复制和无法企及的功绩；5. 配有图画、插图、地图、照片等用来解释其内容的文章。

"这些能接触到福尔马林的人，要我为你们列个他们的名单是吗？"总医院病理解剖室主任安娜·索利亚问道。

"如果可以的话……"

"探长，咱们谈的不是吗啡，福尔马林这个产品本身不需要特别监控。对这个药品没有特殊管控措施，我们甚至不用把它锁起来。"

"它的毒性不大吗？"卡尔达斯又问道。

"您会把家里的漂白剂锁起来吗？这里是医院，使用药物的人都是些专业人员。我们得实际些，假如用一下福尔马林这样的药品，我们都得填个表格的话，那我们这些当医生的也不用行医了，整天填表格就好了。"

"所以什么人都可以过来拿走一些福尔马林，也不需要留下记录吗？"

"是的，我们这里什么也不过问。"

"你们可真特立独行……"埃斯特韦斯站在探长身后，喃喃地说道。

"医生，您能告诉我您的团队人员名单吗？"卡尔达斯问道，他想要从医生的防范中找到突破口。

"告诉您？"

卡尔达斯知道医院里禁止吸烟，但他还是下意识地寻找放在口袋里的烟盒。阿尔芭总是埋怨他一开始谈话，就要点烟的习惯，但是这道烟幕总能变成他怯懦的盾牌。

"是的，尤其是男医生和男护士……凡是熟悉福尔马林的使用，并且能够获取它的人。"

"熟悉福尔马林？"医生略带鄙夷地问道，"您知道什么是福尔马林吗，探长？"

"不太了解。"卡尔达斯承认道，他的手仍然抓住口袋里的烟不放。

"它是一种防腐剂，它的使用不需要太多的医学知识。"医生从桌上拿起一个杯子，一边比画着说道。"实验室早就配置好了稀释液，所以我们甚至不用自己调配，溶液盛放在这样的玻璃瓶中，"她一边说着，一边拿起了杯子，"接着，把人体组织放到这个液体中进行保存……之后不需要任何操作，这个组织再也不会发生变化。您觉得重复这样的步骤，需要十分了解这个药品的特性吗？"

卡尔达斯没有作声。医生说话的方式让他感到反感。他儿时有一位老师，总是不给学生解惑，而且还当众嘲笑学生们的无知。老师总是让学生大声重复错误的答案，然后自己笑着露出一口黄牙。医生说话的腔调让他想起儿时的这位老师。

"探长，您知道自己要找什么吗？"医生又问道，"我觉得您好像没什么头绪。"

"医生，我确实没什么头绪。我碰到一起案件，凶手毒害死者用的是37%的福尔马林溶液，和您这里储放的一模一样。"

"用福尔马林来下毒？"

"可以这么说。"卡尔达斯感到这个医生和他以前的那位老师一样，要让他大声重复答案。

"您能告诉我，您想从我这里知道什么吗？"

"我们确认这个凶手对福尔马林的毒性有一定的了解，若非如此，凶手也不会用这个药品来谋杀了。"

"探长，您是在指证我吗？"

探长摇了摇头。

"我们认为凶手是名男性。我们正在找符合这些特征的疑犯。"

"那您希望我向您描述一下和我一块儿工作的男士们，也许他们中间的某一个符合您的凶手形象？"

卡尔达斯对她嘲笑的语气感到恼怒，只能强忍住怒吼的冲动。

"正是，"卡尔达斯勉强镇静地说道，"这正是我们此行的目的。"

医生思考了片刻。

"您只需要男士的姓名,对吗?"

"暂时是的。"卡尔达斯肯定道。

"这个部门只有一位男医生:阿隆索医生。"

"护理呢?"

"男性护理?"医生嘲讽地笑了笑,说道,"没有。护士也都是女性。这里不需要运送病人。我们这儿需要的是灵巧,而不是蛮劲。"

卡尔达斯本没预期会在这里遭受冷嘲热讽,这样的遭遇他本以为应该在电台碰到。

"阿隆索医生结婚了吗?"

"应该结了。"

"有孩子吗?"

"探长,您问的都是私人问题,这都是阿隆索医生的个人隐私。"这位医生抱怨道。

卡尔达斯原本想要问她更涉及隐私的问题,问她是否知道她这位同事的性取向,但现在只好咬住舌头,才克制住自己,没有向她道出他原本想问的问题。

"我只是想排除可能性,这样就不需要把他传唤到审讯室了,"探长转了转话题,接着说道,"您可以想象假如让阿隆索医生、贵部门,乃至整个医院都和谋杀案关联在一起,会引起多么大的麻烦。您也许没有应对媒体的经验,他们可是对丑闻趋之若鹜。"

"阿隆索医生有三四个孩子。"医生冷冰冰地回答道,"我不确定,我们可以问问他的秘书。"说着,她指了指电话。

"我想和他当面谈谈。"卡尔达斯说道。

"不可能。阿隆索医生正在加纳利群岛参加会议。"

"什么时候去的?"

"这重要吗?"

医生没好气地翻找着写字台的抽屉,好不容易找到了日程表。

"会议7号开始,没记错的话,阿隆索是6号去的。"她看看日程表,把它放在了桌上。

参加会议排除了阿隆索医生的嫌疑,在案发时间,他在飞行航程几个小时的距离之外。

"您可以下周三或周四过来。阿隆索那个时候应该回来了。"

"没关系,不用了。"

卡尔达斯和埃斯特韦斯起身告辞。

"最后一个问题,其他还有什么部门会用到福尔马林吗?"

医生又像他儿时的黄牙老师一般看了看他。

"当然啦。外科室也会用到福尔马林。他们在许多手术中都要用它来保存切下来的身体组织。举个您听得懂的简单例子,比如活组织检查手术。就像我和您说过的那样,我们不是在说氰化物。医生也好,护士、护理也罢,谁需要福尔马林,都可以过来取用他们需要的量,没人会过问。"

5月14日的清晨就好像入了秋一般。惨淡的雾气凝成了一张薄毯，趁着夜色顺着海湾的入海口，漂浮在海湾之上，准备在白日里给它戴上一顶贝雷帽。

离开总医院之后，两位警官又去了综合医院寻找嫌疑人，但也一无所获。部门女主任同样无法向他们提供一个人名，既经常接触福尔马林，又暗合卡尔达斯总结的凶手特征。仅仅这两个医院的外科手术室中，男性工作者就已经超过两百五十多名了。考虑到节约人力成本，卡尔达斯想先从病理解剖部门入手，他们才是真正了解福尔马林的行家。根据巴里奥医生在解剖室得出的结论，凶手必然是个专业人士，才会用福尔马林注入生殖器的方式来杀人。

在里奥制药，弗莱雷给他们的清单上，只剩下苏里亚加基金会还没有去了，卡尔达斯对此也不抱太大期望。他发现卫生部门里，大家都一团和气，但在其他行业里，散播谣言来损害别人的利益的行为稀松平常。或许是因为近来出现了大量的案件诉讼，都是控告医生手术失误，使医疗工作者们更加互相团结。卡尔达斯对此倒不以为意，警界的情况也大同小异。

他们重新坐上了车，卡尔达斯让埃斯特韦斯开到位于城堡山上的苏里亚加基金会。

"就是高处的那座山吧？"

卡尔达斯点了点头表示肯定。

"我们先往公园开，然后我给你导航。"

维戈市正是从城堡山起始，一直延展到海边的。山顶上有一座城堡和一个带有眺望台的公园。城市的全景和海湾是所有游客必赏之景，导游们总会说些关于海战和沉没的宝贝的传说。这座山因一个重要的考古遗址发现而得名。在公元前一世纪，凯尔特人利用这里陡峭而崎岖的地形建起了一座城堡，如此便不需要在居民点附近另起一座堡垒了。

凯尔特人肯定没想到，在这座山的峭壁上居然可以建起一座城市。若干个世纪之后的居民们，对此也一直疑惑不解。

卡尔达斯走近医院的服务台。医院大厅宽敞，采用玻璃和抛光花岗岩作为装饰材料，剩下的五层楼也如出一辙。苏里亚加基金会原本只是座小型的产科医院，大约七十年前落成，几经改造之后，才成为这座城市最重要的私人医院。维戈市重要家族的孩子几乎都在这里出世。几年以前医院变成了基金会，经营范围变得更多元。卡尔达斯在迎客的面板上数了数，一共有十六个科室。

按照首字母排序，面板上的第二个科室便是病理解剖室。探长想要找部门主任。

"病理解剖室的主任是位女医生，上三楼。"接待员解释道，把名字写给了警官们，指了指电梯。

"第三楼，第三位女主任。"卡尔达斯想道，希望这位女主任能比总医院的那位更友善些。

这位主任认真地听探长说完话，然后才开口道：

"我们的工作确实需要用到福尔马林。我们把它储放在那里。劳驾,请你们和我一起去看一下。"

主任把他们带到她办公室旁边的房间,向他们展示了一下里面堆放着的箱子。卡尔达斯发现这个医院也没有针对福尔马林的管控措施。

"大部分都是我们部门使用的,剩下的归外科室。"

"嗯,用于活检。"卡尔达斯已然不需要再上一课了,"您的部门有男士吗?男医生或男护士?"

"没有,我们的病理解剖部门有两个女医生、三名女护士。"

"果不其然。"卡尔达斯简短地答道。他知道这次最大的收获可能也只是一份外科室的人员名单了。他最初想找到一位男医生,如果可能的话,喜欢同性的男医生,但现在早已做好了心理准备,得到的可能是一份列着上百个名字的清单。

"您能告诉我一下管理部门在哪吗?"卡尔达斯问道,准备一拿上清单就立马离开。

卡尔达斯和埃斯特韦斯走进顶楼的办公室。透过医院的玻璃墙可以望见海湾的最东边,此时仍然雾气缭绕。探长觉得假如没有雾气,从这里可以远眺二十层的托拉亚大楼。

电梯对面光洁的花岗岩墙面上,挂着一幅巨大的肖像画。画上有一位满头白发的老年人,鼻子很大。油画下边写着名字、日期和题跋:"幸福在于健康。贡萨洛·苏里亚加,1976 年。"

他们找到了外科管理室,向服务台的年轻女子索要名单和个人信息。

"我得报告一下，你们稍候片刻。"她迟疑地说道。

女子走进了身后的办公室，好方便打电话。其他办公室里都有十几名工作人员，但是经理办公室中却空无一人。

埃斯特韦斯询问探长，拿到外科男医生的名单之后的策略。

"探长，我们下一步该怎么办？给名单上的这群庸医一个个地打电话？然后揭他们老底，看看是不是出了柜的？"

"我想把他们和你一起关几个小时，然后逮捕那个想给你来个足底按摩的。"

"探长，我刚才是认真问的。"

"你有什么更好的想法吗？"

那位女子把电话听筒放在桌上，然后走近警官们。

"请你们给我看一下你们的身份证明，可以吗？"

"当然，我是卡尔达斯探长。"探长说道，然后给她看了看警徽。

"里奥·卡尔达斯探长？里奥·卡尔达斯……您是电台上那位？"

"正是，电台上的那位。"卡尔达斯无可奈何地肯定道，"这位是埃斯特韦斯探员。"

"您看着吧，从现在起可要一帆风顺了。"趁着女士把他们的信息传达给电话另一头时，埃斯特韦斯自言自语道。

"你说得有理。"卡尔达斯言简意赅地说道。

女子回来之后，表情似乎变得更为柔和了。

"苏里亚加医生让我告诉你们需要的一切信息。他还向探长您表示歉意，他这几天身体抱恙，正卧床休息，不能亲自接待您。你们是需要外科室工作人员的名单，对吗？"

对这位年轻女子在得知探长身份之后的态度转变，埃斯特韦斯不禁觉得好笑。

"可行吗？"卡尔达斯问道。

"我把所有医生的名单都打出来，然后把外科医生的名字标记一下？"

"太棒了。"探长回答道，"我们还需要所有能进出外科室的护士和护工名单。"

"只要男性的名单。"埃斯特韦斯补充道。

女子就近找了一台电脑。

"电脑系统不区分性别。最好先把所有医护人员的名单都打出来，然后我再把男士的名字标示出来。"

女子按了一个电脑键，办公室另一头的打印机随即哒哒地打印出了第一页。

"遇到善人实在令人高兴。"埃斯特韦斯向年轻女子眨了眨眼，她起身去拿打印纸时，向他报以一笑。

埃斯特韦斯眼神温和、表情谄媚的样子，卡尔达斯还从来没见过。他原本以为埃斯特韦斯野蛮的性情，与情爱注定无缘。

"埃斯特韦斯，你对她感兴趣？"卡尔达斯低声问道。

埃斯特韦斯把嘴靠近卡尔达斯的耳朵。

"我现在知道您为什么这么快升为探长了，您可真是见微知著。"埃斯特韦斯低声说道。

卡尔达斯没有作声。他提出的可笑问题，得到了如此讽刺地回答，也算是自作自受了。

年轻女子从桌上拿了一支荧光笔，然后拿着打印机打印出的纸，走了回来。

"这是名单。所有人都在上面，按照首字母顺序排列。我的名字在这里，你们看。"她开心地说道，把荧光笔靠放在纸上，"可惜我不是男性。"

两位警官看向荧光笔笔头所指的地方，这个年轻女士的名字正是：狄安娜·阿隆索·苏里亚加。

姓氏一样绝非偶然。

"他是您的亲人？"探长指了指墙上巨大的肖像画。

"是我的外公，我母亲的父亲。"狄安娜回答道。

"幸好你没有遗传他的鼻子。"埃斯特韦斯看向肖像画，打趣说道。

"我幸免于难，我的舅舅苏里亚加继承了鼻子。"狄安娜俏皮地说道。

"迪马斯·苏里亚加？"卡尔达斯问道，这个名字让他觉得耳熟。

"对，苏里亚加医生是我的舅舅，他继承了外公的鼻子和头发。"

"还有这个医院。"卡尔达斯想道。他看向画像，老贡萨洛·苏里亚加的头发就像他为了画像而穿着的白大褂一样白。两天以来，探长第一次感到他们找到了正确的路径。

埃斯特韦斯则想到了其他方面,年轻的狄安娜笑得花枝招展。卡尔达斯早已不记得最后一次他的某句话把女人逗乐是什么时候了。

"如果你们需要的话,我可以把那些经常去外科室的人画出来。"狄安娜说道,手上摇晃着荧光笔。

"太好了。"卡尔达斯回答道,手里拿着最后一页纸,"我先看一眼。"

探长在最后一页上找到了他想找的那个名字,然后把纸还给了狄安娜。

Sentido（方向）：1. 包含情感的，或者诚心表达情感的；2. 形容易怒的人；3. 人类或者其他动物感知外界的能力；4. 欣赏某样事物的能力；5. 对外界的意识和感知；6. 理解力和智力；7. 理解事物的特殊模式或对事物形成的观点；8. 存在的理由或者目的；9. 意义，词语的每条解释；10. 对文章和评述等的各种理解；11. 线、方向等其他事物的两头所指。

中午的烈阳使秋雾迅速地消散殆尽，又带来了炎炎夏日。海湾处还留着些雾霭，隐约可见一排小船，像一支由幽灵船组成的舰队。

探长闭着眼睛，坐在副驾驶的位置上。手机尖锐的铃声把他拖回了现实世界。

"两件事，你和你的野蛮助手在一起吗？"索托局长在电话的另一头问道，情绪不佳。

"是的。"卡尔达斯简洁地说道。

"你知道昨天晚上他干了什么吗？"

卡尔达斯希望由索托来告诉他。

"昨天晚上？"

"卡尔达斯，你要是知道，可别装傻。我可不想再啰唆一遍。"索托命令道。

"局长，我可什么都不知道。"

"他去猎艳了。"

"去什么？"卡尔达斯问道，装作没听懂的样子。

"他去猎艳了。"索托重复道，"你的助手去了沙街的一家同志酒吧，摆出一副诱惑的姿态来挑逗他们，然后又把第一个上钩的人给踢了一顿。他踢得厉害，把自己的脚都踢伤了，就脱了鞋，然后把鞋拿在手上，用鞋跟不停地砸那人的鼻子。这个疯子还手拿警枪威胁，阻止其他人靠近，好了结此事。"

卡尔达斯想道，凡是和埃斯特韦斯相关的事，总是有那么点半真半假。

"半个小时以前，我刚把他们的代表请来的两个律师送走，"索托继续说着这个改编版的故事，"他们想就骨折伤害，今天就提起上诉。"

"您和我说的，我一个字都没听懂，"探长假装糊涂道，"有没有可能搞错人了？有可能不是埃斯特韦斯。"

"我不管到底是不是他，"电话里传来索托震耳欲聋的吼声，"埃斯特韦斯实在太野蛮了。还没来几个月，就收到了十四起投诉。你觉得正常吗？"卡尔达斯适时保持着沉默，索托继续责怪道，"我觉得不正常，我们是警察。你看看警牌上写的是什么！警——察！我们代表的是正义，我们是逮捕罪犯、负责治安的。人民之所以付我们工资，不是给予我们权力，把两米以内致命的精神病派到大街上，还让他佩戴手铐和警枪的。你能管管他吗？见鬼，你是怎么回事？"

卡尔达斯觉得现在给予否定的答案，未免有些不合时宜。

"局长，您确定这些属实吗？我整个晚上都和埃斯特韦斯一道，我没看见他用棍子打谁。等一会儿，他就在我旁边，我问一下。"卡尔达斯把手机话筒拿离嘴边，冲向他的助手，"埃斯特韦斯，你昨天晚上在一个同志酒吧用棍子揍了人？"

埃斯特韦斯目瞪口呆地望着他，卡尔达斯不得不指指路，好让他别开到路沟里去。

"他说没有，局长。我认为这应该是一场误会。"

"我希望你是真的不知道这件事，这样大家都万事大吉了。"索托沉默了几秒，好让自己冷静下来，接着说道："我给你打电话要说的第二件事是我们找到瑞戈萨的车了。"

"在哪里？"卡尔达斯问道，恼怒于这位上司总把好消息留到最后说。

"在海湾另一面的山里。"

"您已经把现场勘查队派过去了吗？"

"是的，已经派了费罗去，不知道会不会有所收获。弃车之前，凶手纵火烧了车，现在只剩下灰碳了。要是如此，你只能从别的线索去调查了。"

"一条线索断了。"探长挂断电话之前低声说道。

房子四周都围着高耸的石墙。一棵上百年的杉树，从墙上伸出了一根繁茂的枝条。埃斯特韦斯在大门前停住了车。卡尔达斯下了车，按了门铃，好让佣人们答话。他只得不断保证，只打扰医生几分钟，才被准许进入。

大门上装有电子装置，使巨大的木门往一边滑了开去，他们面前随即出现了一条柏油路。他们的车很快就被大树围绕起来，这些树在桉树大面积地繁殖以前，就在这加利西亚的峭崖上扎下了根。路的两边种着杉树和松树，粗壮的橡树，高大的白桦树，两棵巨大的栗树，树干盘曲，还有几棵垂柳，枝条好似它的垂泪。

前路呈钥匙的形状，需要绕一圈才能到达大门口。车辆沿着逆时针方向开到巨大的楼梯底下，然后顺着同一方向开，又可以驶离庄园。山茶树和杜鹃让这块被柏油马路圈出的小块土地一年四季都繁花似锦。卡尔达斯记得曾经见过相同的入口，尽管面积更大一些。那是和阿尔芭一起去落伊拉山谷的一次旅行时，在一座城堡里见到的。

一位系着围裙、带着帽子的女仆在门口迎接他们。女仆让他们跟着她，带着他们在房子里转了一圈。他们走过宽敞的餐厅，餐厅的窗户都敞开着通风。经过图书馆，墙壁上都镶着木板，书架子上放满了书。他们还看到了壮观的石阶，一直延伸到楼上。

女佣将他们引到后面的一个门廊。

"你们可以在这里坐着等等。"她简洁地说道，指了指木桌子旁边的藤条椅。门廊上方古老的陶砖上，露出一朵妖娆的紫色杜鹃花。

与房子前面的小树林不同，此处又有另一番的景色。一片厚实的草坪铺在他们前方，就好像一座绿色的半岛，延展到海湾处。花园的每一处尽头都是岣石，大海拍打着石头，激起层层浪花。远处有一个石头渡口,两边都筑有防波堤,保护它免受海浪的侵蚀。渡口的一边系着一艘帆船。一条小路好似一条疤痕,穿过倾斜的草坪,经过一个石头池塘改造的泳池,顺着杜鹃花丛蜿蜒而下,消失在堤坝处。卡尔达斯估算了一下,这座庄园至少有一公里的海岸线。

有一句古老的谚语说道:"祈祷室、鸽子窝加上大柏树,即是一座大宅邸。"卡尔达斯不知道这里有没有鸽舍或祈祷室,但是苏里亚加的屋子绝对不缺绅士风范。

"这房子太壮观了!"待女佣走后,埃斯特韦斯感慨道,"这主人是谁,是个土霸王吗?"

"也可以这么说。"探长回答道。

虽然没有达到霸王的级别,但苏里亚加医生的确实是位不同凡响的人物,他的基金会远不止是一个寻常的医疗机构。

老贡萨罗·苏里亚加在妇产科医院的一楼,专门布置了一个房间,用来陈列他收藏的加利西亚名画,他的儿子,现在的这位迪马斯·苏里亚加医生则延续了父亲开创的路线,更是将基金会的艺术宝库发扬光大,甚至把它变成了推动这座城市文化发展的主要场所。他建造了一座极其现代的展厅,位于维戈市中心,用来展览永久展品,涵盖了许多欧洲艺术先锋派的名家作品。在各大报纸的周报和文化副刊上,苏里亚加基金会的展品经常会被提起,让它俨然变得家喻户晓。基金会在艺术界的声名使医院也声名鹊起,近几年基金会的收入翻了好几倍。

迪马斯·苏里亚加医生幕后策划着这些活动。前几年他更是放弃了外科医生的工作，全心全意地投入到基金会的运营上。

这位将小小的家族妇产医院变成本省经济和文化中心之一的男子，从不接受采访，也从不在公众活动中露面。为了给他的缺席找借口，他总说基金会的成功并不只是他个人的功劳，而是团队合作的成果。

若干年以前，苏里亚加变得越来越避世，反而让报社大做文章，一时之间关于他性格如何古怪的报导多如雨后春笋。随着时间的推移，媒体对这位名流的行为模式倒是不以为怪了，但时不时地还会提到他的低调谨慎。

"探长，您还没和我说咱们为什么来这儿呢。"埃斯特韦斯看着他的上司问道。

"还没有。"

卡尔达斯坐在门廊的椅子上，缄默不言。他还无法给助手一个答案，一个确凿的答案。他本可以说这次来访是因为苏里亚加医生的白发引起了他的猜疑，或者是因为他看到老贡萨罗的画像之后，产生了一种奇怪的感觉。也可以说是因为医生已经两天没去基金会了，与瑞戈萨被谋杀之后经过的天数完全吻合，卡尔达斯早就不相信存在巧合这种事了。但是探长选择保持沉默。

卡尔达斯知道每个理由都有些牵强，他可受不了埃斯特韦斯一贯的直言不讳。如果深入思考一下的话，甚至没有理由要追踪一个白发男子。唯一真实的原因就是在墓地的时候，阳光照在一个人脑袋上的反光引起了他的注意，而且其他乐队成员也并不认识此人。此外，毫无根据。这些可不是什么有根有据的理由。

另外，在墓地的时候，他根本没有看清那个男人的长相，所以即使再遇，还能认出他的几率也很小，虽说也并不是完全不可能。那头白发确实白得出奇，但是城里的白发男子成百上千，在他们去过的几个医院遇到一个白发男子也不是什么神奇的巧合。而这些人就是经过探长身边，也不会引起他的注意。他们也不需要亲自到访，来证实岁月早已让苏里亚加医生生出了白发。医生的侄女半个小时前就已经证实了，也不需要再上门问询。

即使苏里亚加真的去过墓地，也只能推导出这位著名的医生认识死者。许多人都与死者相识，但是这一点无法把他们都变成犯罪嫌疑人。

探长知道对案件的调查还有待深入，这次访问也有些仓促。他还没有和死者的母亲见过，也还没有去过瑞戈萨作为代课老师教课的音乐学院。这个有着特别发色的男子也许是瑞戈萨的亲戚、童年的玩伴或者同是职工代表，甚至还可能是音乐学院里，瑞戈萨替补的那位正式老师。

探长亦知和医生的谈话可能不会有很多收获，而要是他真的误会了一位像医生这样的名人，可能会带来不可逆转的后果。而且这个案件还涉及到敏感问题，会在医生圈子里引起一片哗然，媒体也会趋之若鹜。尽管如此，探长仍然决定冒险一试，听从他的直觉，而他的直觉从没有令他失望过。此次的对象是位名人，所以他务必谨慎处事。

马失前蹄的时刻还未到来，至少现在还未到来。

Excusa（借口）：1. 解释的行为；2. 为了逃避职责或为解释疏忽而援引的原因或借口；3. 使原告的指控失效的法律依据。

在医生豪宅的门廊里，卡尔达斯和埃斯特韦斯坐在阴凉处，等待着他的出现。埃斯特韦斯不停地喘着粗气，抱怨着今天早上选衣服时，还望见窗外灰蒙蒙一片。中午一开始，五月的烈阳就开始炙烤他的绒衬衫，让他庞大的身躯热得冒油。

探长正看着瑞戈萨的照片，一个女人推开移门，优雅地从屋子里走了出来。

"早上好。"她向他们招呼道。

就仿佛是一群新兵见到了上校一般，两位警官一齐站立了起来。卡尔达斯把相片塞回了之前的衣袋里。

"早上好。"两位警官说道。

"你们请别移步。"女人用手轻柔地比画了一下，一边说道："我听说你们是来找我丈夫的。你们稍候片刻，想喝点什么吗？他通常一时半会儿可下不来。"

"那……"埃斯特韦斯求助地看向探长。

但是没有得到回应。

"我们挺好的。"卡尔达斯含含糊糊地说道，对医生和眼前这位女子是夫妻的事实有些手足无措。

"我是梅塞德斯·苏里亚加。"她自我介绍道，向他们伸出了手。

卡尔达斯轻轻握了握她修长的手指。

"卡尔达斯探长。这位是埃斯特韦斯探员。"

握手之前，埃斯特韦斯特意把自己手心的汗液在裤腿上擦了擦。

梅塞德斯看上去又高又瘦，她穿着一条米色的连衣裙，腰上系了一条腰带。领口处的锁骨很突出，脖子细长。深色的头发梳得十分齐整，扎成了一根马尾。探长估摸她已经过了四十岁的年龄，将近五十岁，但是这位医生的夫人身上透着一种成熟的韵味。这种韵味应该是随着年岁而累积起来的。

"请坐。"她继续说道。两位警官便如是坐了下来，尽管梅塞德斯依旧站着。

"您说您是探长，你们是警察？"

卡尔达斯知道警察到家调查，就好似信天翁落到了海上的船只上一般，都被认为会带来不详，于是便做了个肯定的表情。

"发生什么了吗？"梅塞德斯神色不安地问道。

"没什么需要担心的。"卡尔达斯安慰道，"只是有些事要问问您的丈夫。我们一早去过基金会，在那儿没有找到他，我们便自作主张地找过来了。"

梅塞德斯点了点头，摇晃了一下她的天鹅颈。探长接着说道：

"您的侄女已经和我们说，医生……"

"我的侄女？"梅塞德斯吃惊地问道。

"那个在基金会的经理办公室工作的女孩不是您的侄女吗？"

"哦，狄安娜，当然。"

"对，狄安娜。"探长肯定道，"今天早上我们和她在一起。她说苏里亚加医生身体有些抱恙。希望不严重，我们不想打扰到他。"

"不用担心。我丈夫说他这几天不舒服，但是我觉得并不严重。"梅塞德斯扬起了一丝了然的微笑，"很多时候这只是个无伤大雅的借口。这样就可以待在家里工作，不用接电话，也不需应酬客人。"

卡尔达斯觉得梅塞德斯对他们以诚相待。

"他想留在家工作，我一点也不感到奇怪。你们的庄园实在太美了。"

"确实。"梅塞德斯看向嵌入水中的花园，接着说道，"确实很美。"

当卡尔达斯最终见到医生的时候，不免有些失望。他希望内心能冒出一个声音，提醒他眼前的这个男人便是他在葬礼上留意到的那个男子，但是这个热切的期待终究没有成真。尽管他知道这不能把医生和案件挂钩，也无法排除他的嫌疑，但是对于一个向来遵从内心直觉的人来说，卡尔达斯不禁在心里向后撤退了一步。

苏里亚加穿着一件大号的白衬衫，没有系入蓝色的裤子中。一条深棕色的带子系着一个黑框眼镜，挂在他的胸前。他的鼻子很大，头发十分白，白得出奇。

他走近门廊，客气地打过招呼之后，沉声问道：

"他们没有给你们准备喝的？"

"有，您的妻子热情款待，但是不需要麻烦了。"卡尔达斯找了找苏里亚加的夫人，但梅塞德斯早已悄悄走开了，就像她的悄然出现一般，只留下三个男人。"我们不会耽搁您很久。"

苏里亚加坐了下来，两位警官也随即坐住了身。

"基金会那头给我打电话说你们去了医院。我希望他们以礼相待。"苏里亚加说道，卡尔达斯点了点头。"我本想亲自接待你们的，但是我想你们也听说了，近来我身体状况不太好。希望你们见谅。"

"您别在意，他们说您最近几天都没有离开家门。现在好些了吗？"

"嗯……转好中。"苏里亚加回答道。

猜不出是什么东风把这两位吹到他的家中，苏里亚加继续说道：

"我了解了一下，你们需要的信息在基金会的时候都拿到了。是吗，卡尔达斯探长？"

"确实，您的侄女十分友善。"探长中规中矩地说道。

苏里亚加等了几秒钟，想听到探长补充说明一下他们的来意，但只等到了一阵沉默。

"你们谁能说一下这次来访的原因吗？"医生深沉的嗓音又响了起来。

埃斯特韦斯和这位家主一样都想知道答案，在他的椅子上换了个姿势，藤椅随即响起了一阵刺耳的声音。卡尔达斯决定直截了当地把瑞戈萨的照片给他看。他把照片放在木头桌上，滑向苏里亚加，俨然一位发牌人在发牌。

"您认识这个人吗？"

苏里亚加用手拿照片时，埃斯特韦斯的藤椅又发出了一阵吱吱声。

医生把挂在胸前的眼镜架在鼻子上，眯起眼睛，几秒钟之后，摇了摇头。

"我不认识他。"他说道，把照片还给了探长。

"您确定吗？你们有可能会在基金会的活动上碰到过……"卡尔达斯继续说道。

"我完全肯定。探长，我打交道的人不多，所以让我忘记谁也不容易。"

初见医生时没有闪现出来的感觉，突然在卡尔达斯内心中涌现了出来，悄声说道，苏里亚加并没有说实话。卡尔达斯不假思索地想要诈一诈。

"我们有证人能证明您认识瑞戈萨，您怎么解释？"卡尔达斯谎称道。

"我不知道，您说呢。"医生答道，带着一种深沉的威严，显然不习惯于受到反驳。

卡尔达斯犹豫了片刻，但进攻一旦开始，就不容退缩，再想找到与这位名人面对面的机会可算是难上加难。往后退却一步就意味着让他逃脱，就意味着失利。

"您昨天没有去参加葬礼吗？"卡尔达斯步步紧逼地问道。

"我已经和您说了，昨天、前天和今天，我都病着。"医生镇静地答道，"我没离开这儿，一分钟都没有离开我的家。您听懂了吗？您希望我的律师向您解释吗？"

车在庄园的百年古树中穿行，向大门驶去。

"您到底在想些什么？居然把苏里亚加先生牵涉到这个案件中？我们说的是一场谋杀案。从哪儿冒出来的证人，您能和我解释一下吗？您比我更清楚这个人的实力。他随便打个电话，都能让我们遭殃。而且，我们不是认定了嫌犯是个同志？您也看到了，苏里亚加有这么一位楚楚动人的夫人。您认为家里有这么一个女人在，还能是同志吗？我不知道您脑子里想的都是些什么天方夜谭，反正我们是完蛋了。"

探长一言不发，闭着眼睛，靠在副驾驶座上。他为自己的直觉一搏，但还是失败了。

埃斯特韦斯摇下了车窗。

"这鬼天气太热了。"

Ausencia（缺勤）：1. 远离一个地方；2. 离开持续的时间；3. 某物件的缺失；4.【法】下落不明；5. 短暂地失去意识。

卡尔达斯在最后一刻奇迹般地想起了和父亲的约定。他沿着沙街一路小跑，推开餐厅的玻璃门，然后匆匆地走了进去。他扫视了一眼餐桌，找到了他们的那桌之后，便坐了下来。对面的那位年长的男士看见他出现，面上露出了笑容。

"卡尔达斯！"

"爸，抱歉迟到了。"

"你迟到倒是无所谓，"父亲说道，然后自言自语道，"但是你定的这个地方没有我的红酒，这就无法赦免你了。"

"怎么没有？我每次来都点。"

"他们就是没有。"他的父亲坚持说道。

卡尔达斯遇到的麻烦事儿已经够多了，红酒也算是一桩。

"克里斯蒂娜！"卡尔达斯喊道。

服务员走近他们的餐桌。

"你好呀,卡尔达斯,最近如何?"

"我还行,但是这位长官,"卡尔达斯指了指他的父亲,接着说道,"有点不高兴,因为他觉得你们港口餐厅没有他的红酒。我和他说我总是喝这种酒,但是……"

"天哪,宝贝儿,我们前几天刚卖完最后几瓶。我们还在等销售人员过来,好再购置几箱呢。"

"你看吧,他们一般都有你的酒。"

他的父亲看上去还不是很信服:

"但是今天没有。"

"我可以为您准备其他的。虽然没那么可口,但是喝着也不差。我可以给您拿品牌酒,也可以提供自制酒。"克里斯蒂娜说道,把卡尔达斯从困境中解救了出来。

"哪个更好?"他的父亲问道。

"自制酒不含任何化学物质。"克里斯蒂娜开始解释道。

"什么没有化学物质!"老人打断道,"你是不是觉得发酵是天方夜谭呀。所有酒都含有化学物质,孩子。你所谓的自制酒,没有控制精确的发酵,没有细菌过滤装置,也没有在酒桶里陈放,这些都是必不可少的。甚至也没用好葡萄来做好酒,这才是最基本的东西。但是化学物质……"

"那我该为你们准备什么酒?"

"您还能做些什么呢!"他的父亲戏剧性地说道,"把你们的自制酒拿来。"

"吃点什么呢?"克里斯蒂娜问道。

"我只负责回答酿酒问题。"他的父亲回答道，抬起了手掌，推向卡尔达斯，就好像在把他们之间的空气推向他一般。"其他问题都交给我的儿子。"

头盘卡尔达斯点了半公斤的鹅颈藤壶，是他前几天打电话预定好的；正餐他点了一条大个儿的龙利鱼，是他自己从展柜那儿挑的。他让厨房油炸了之后，就把鱼刺给去掉，这样方便分着吃。

在这家港口餐厅，桌布都是纸张做的，就餐的人不得不忍受餐纸发出的噪声，而且很多时候都得拼桌，但是这里的鱼和其他海鲜都来自加利西亚省附近的这一片慷慨的海域，而不像其他的餐厅那样，卖的都是些平淡无味的洄游鱼，从其他遥远的贫瘠海域用卡车运送而来。"你为什么点鹅颈藤壶？你没瞧见今天的海什么样吗？"卡尔达斯不管天气有多糟，次次打电话都要预定他最喜爱的美食，每次都要受到克里斯蒂娜的数落。

上菜之后的前十五分钟，父子几乎没有说过一个字。趁鹅颈藤壶还没凉，他们都全神贯注地用指甲拨去外面的壳，然后一口把它吞下去。每次把藤壶肉放到嘴里的时候，卡尔达斯都要阖上眼睛，就仿佛若是睁着眼睛的话，这种黑色贝类食物的海鲜味就会从眼睛里逃走似的。

龙利鱼上桌之后，他的父亲就开始絮絮叨叨些老生常谈，例如住在城市里是一种愚蠢的选择，城里人连坐在树荫下品一杯葡萄酒的时间都没有，这会加快人的衰老。发现探长有些精神不振，父亲便作下诊断，一定是城市生活繁忙，噪声不断和汽车有毒的尾气，导致了他的儿子无精打采。

探长没有告诉父亲，假如没有奇迹发生的话，他短暂的警察生涯就要终结了。他不想让父亲担心，于是静静地听着父亲讲述着今年葡萄的花期适逢大雨，肯定会给今年的收成造成灾难性后果。这个秋天的收成肯定比去年更少。

"上帝一定要做些什么。"父亲一脸严肃地说道，"红酒的产量越少就意味着世界上的欢乐愈少。"

"昨天我和拉蒙在里奥制药见了面，"卡尔达斯打断道，突然想起昨天见到了老同学，"他问我你能不能在把酒卖完之前，先给他寄一箱。他去年想向你订几箱酒，但最后连味儿都没闻到。"

"拉蒙终于开始工作了吗？"

"差不多吧，你知道他总是慢慢来，从来不会勉强自己。酒的事我怎么和他说？"

"你和我说寄到哪儿，我一会儿回到酒窖，保准就寄到。"

卡尔达斯点了点头，伸手去找他的手机。

"你不介意的话，我现在就问一下他地址。这样就是你们的事儿了，我就不用挂在心上了。"卡尔达斯拨通了好友的电话。

"拉蒙，下午好，我是卡尔达斯，现在方便说话吗？"

"方便啊，就是我正忙着工作呢。"拉蒙打趣说道。

在这场即将吞没他的风暴中，能遇到一个心情开朗的人，让卡尔达斯觉得十分愉悦。

"我和父亲在一起。他问我把酒寄去哪儿，寄到里奥制药吗？"

"千万别！你和他说寄到我家，厂子里什么人都有。给我寄两箱。"拉蒙接着把地址告诉了他。

"没别的事儿了……"探长把地址记在了一张卡片的背面，准备道个别，"感谢你的帮助，弗莱雷很配合我们的工作，把所有信息都告诉我们了。"

"今天早上我正想问他看到电台巡逻员本人什么感想，但是没找着他。他今天似乎没有来实验室。是不是你们把他吓着了。"拉蒙开玩笑地说道。

"没有吧。也许学了领导的榜样，带着女水手航海去了？"

"我不知道这位弗莱雷去了哪儿，但是十分钟以后，我可就要和昨天一样，去扮演性感水手了。"

卡尔达斯的父亲对这个淘气的孩子很有好感，尽管他来自一个完全不同的世界，但是和卡尔达斯却很合得来。

"这个疯小子说什么？"卡尔达斯把电话放回桌上，父亲问道。

"说了些傻事。"卡尔达斯回答道，把写有寄送地址的卡片递给父亲，"昨天我在里奥制药见过的一个人今天没去上班，拉蒙把他的缺勤都怪在我身上。"

"他总那么逗乐。"父亲笑道。

卡尔达斯看了看手表，发现已经过了四点。

"你回酒窖，是吗？我的意思是，吃完饭之后。"

"是的，今天早上我把要办的事都办好了。你知道我在城里待的时间越少越好。"

"你能把我送到车站再往上去一点的地方吗？你可能之后要掉头，但是这样我们可以慢慢吃饭，我也不用刚吃完饭就爬坡了。"

"没问题。我没其他事，你要去哪儿？"父亲问道。

"我约了一个人，五点在墨西哥酒店的咖啡馆见。是工作上的事。"卡尔达斯避重就轻地说道，"我不想让我的搭档先到。埃斯特韦斯一个人待着的时候，什么幺蛾子都能想出来。"

父亲点了点头。对于儿子的这位助手的莽撞，他也略有耳闻。

"说起一个人待着，阿尔芭回家了吗？"

"没有，"卡尔达斯看向龙利鱼，回答道，"阿尔芭不会回来了。"

父子俩上了车，向着海湾相反的方向，沿着哥伦布大道行驶着。他们路过左手边的火车站，开着房车继续爬坡，开向那个被人们称为"各各他"的地方。他们不得不避开几处沟渠的护栏，这一景色早已融为城市面貌的一部分。父亲吃惊地看着行人在午后的烈日下，在人行道上一路左闪右避，躲着障碍物。

"哪天有空你一定要给我讲讲，这些人都着了什么魔，非得在城里住着。"

探长不想提起，父亲他自己也是在这座城里住了几十年之后才离开的。他选择保持沉默，希望父亲不要过问他工作上的事情，也不要再提起阿尔芭。

他看了看手表，发现已经五点零二分了，和那位田园酒吧的

DJ 的约会怕要迟到了。

"在乡下，你还能发现一天天是怎么过去的。"父亲继续说着他的长篇大论，"在城里，周围都是一堆破烂玩意，日子都过到你头上去了。你没想过吗？你从来没留意过这些吗？"

"这样想……"卡尔达斯简单地回答道。

"你好好想一想吧。"

"我在这里下。"探长趁着红灯时，车停住了的间隙，说道，"这样你就不用掉头，可以早点逃出城了。"

"你就这样走了？"父亲问道，对儿子突如其来的道别有些措手不及，"你什么时候过来看我？"

探长每次和父亲分别的时候，不知是何原因，总是习惯性地敷衍。但是这次他似乎是说了实话。

"下周我就去找你。"

"你保证？"父亲问道，就好像卡尔达斯还是个孩子。

"应该可以。"探长一边打开门，一边说道，"这次我应该会有时间。"

"卡尔达斯！"探长下车之前，父亲叫住了他。

"卡尔达斯，你知道孤身一人不是件好事。"

探长拥抱了一下父亲，关上了车门。

绿灯亮了起来，好几个司机都忍不住按起了喇叭，好让头几辆车赶紧通行。

卡尔达斯目送着父亲的车消失在车流中，不禁思考父亲说的话是否有据可循。

Aliento（气）：1. 呼吸时排出的气体；2. 呼吸（呼吸的动作与结果）；3. 生命，元气；4. 精神，灵魂；5. 魄力，劲头和勇气；6. 吹气；7. 发散，发出；8. 灵感，推动艺术创作的动力；9. 宽慰，安慰。

"维戈之声"在这个时间段播放的是体育评论节目，这个节目向来饱受争议，现在正放着起始音乐，向听众打着招呼。

卡尔达斯靠窗坐着，窗户面向火车站，他是咖啡馆唯一的顾客。住客们一早就进城参观完了，现在正在房间里避暑，享受着空调的凉气。

探长注视着城市蜿蜒的街道，穿梭在钢筋水泥的楼房之间，这些楼房看上去像苏联时期的样貌，都是听凭某些人奇怪的趣味，在若干年前建造起来的。幸好那些人没有一时兴起，建个苏联式的人民住宅。

他时不时地查看时间。他需要抓住一根救命稻草，唯一还有些希望的就是和奥雷斯特斯，这位田园酒吧的光头少年的约见。探长盼望着能够打开新的路径，尽快破解瑞戈萨之死的迷案。

探长翘首以盼了约莫半个小时，才看到他的助手穿过玻璃门,就好像一头印刻出来的犀牛。埃斯特韦斯走进咖啡厅,一路拖动着他庞大的身躯,让他已然精疲力竭。他匆匆扫了一眼餐桌,待找到探长之后,便气冲冲地走了过来。

"见了鬼的上坡。"埃斯特韦斯汗如泉涌,只能极力张开口,才能一边说话,一边吸气,"您不是和我说就在车站上方一点吗?"

探长指了指酒店前面的看台,从看台望下去就是火车站。

"我知道车站在哪儿,我就是从那里走上来的。但是您也可以提醒一下我,之后要走两三百级台阶呀,"埃斯特韦斯说得喘不上气,只好停顿一下,"我们总是火急火燎的,干什么都像是爬坡那么难,这还不够,今天连老天爷都不给面子,热得让人窒息。"

埃斯特韦斯拉了拉绒衫的领口,想把它向外拉一拉,好让凉气进到衣服和他的身体之间,但似乎不见成效。接着他看了看左腕上戴着的手表。他们约的是五点整,而现在已经五点四十分了。

"我还迟到了。"

"没有,你到得正好。"探长纠正道。

"那个DJ还没到?"

"你觉得呢?"卡尔达斯问道。

"天哪,您别打哑谜了,我可是一路从那里小跑上来的,"埃斯特韦斯指了指火车,抗议道,"酒吧的那位仁兄还没到,还是已经走了?"

"我五点左右就到了,那时也没有其他人,应该没来过。"探长扫视了一下空无一人的咖啡厅,自言自语道,"我觉得他不会来了。"

"探长,您本来应该提醒一下我。早知道就把车开上来,停在附近了。"

埃斯特韦斯转向吧台,举了举手。

"服务员,要一杯可口可乐,多加冰块。"他大声说道,手里摇晃着桌上的菜单,"探长,我们现在怎么办?"

卡尔达斯疑惑地看向他。

"我和您。"埃斯特韦斯没好气地说道,"您想出来咱们怎么才能脱局吗?我想局长不久就会知道,有两个没脑子的警察去找了著名的苏里亚加医生的麻烦。"埃斯特韦斯说道,把拇指和食指掂在一起比画着。

卡尔达斯面不改色地回答道:

"没有。"

"探长,您该合计合计了,他们肯定要处置咱们。我已经习以为常了,看看接下来还能把我调到哪儿去……我以后可能就要去舍法林群岛当护林员了,天天和那些海豹待在一块儿。"

埃斯特韦斯用手抹了抹额头,好把罩在上面的一层汗水抹干。

"而且搞成这样,我特别担心他的侄女狄安娜。"埃斯特韦斯又说道。

"谁的侄女?"卡尔达斯假装没有听懂。

"谁的侄女,您清楚得很。苏里亚加的侄女。"

埃斯特韦斯直接对着他的大肚腩,上下扇着菜单。

"可口可乐还能拿来吗?"埃斯特韦斯朝向吧台吼道。

卡尔达斯笑了笑。

"您笑什么?"埃斯特韦斯看见了之后问道。

探长依然满脸笑意地答道:

"没什么。"

"没什么?探长,您说说,什么让您觉得这么可笑?"

"没什么,埃斯特韦斯。"卡尔达斯摇摇头,接着说道,"我们连警徽都快保不住了,你还在担心狄安娜。居然担心狄安娜·苏里亚加……好像你和她有什么关系似的。"

埃斯特韦斯把餐单甩到桌上,仿佛一声枪响,回荡在这空无一人的咖啡厅里。

"探长,首先,我得提醒一下您,这次是您的自杀式行为,才让咱俩陷入这样的麻烦,而这里有狂人之名的向来是我。其次,我想关心谁是我的事儿,"卡尔达斯想要打断他,但是埃斯特韦斯已经伸出了两只手指,又迅速地伸出第三根指头,不让探长插话,"第三,我不知道我和那个女孩会不会有发展。我有自知之明,我比她大好几岁,体重是她的好几倍,而且我可能连当她司机的资格都没有……"埃斯特韦斯吸了一口气,接着说道:"但是,我和所有人一样有权利幻想,谁也不能因为这个嘲笑我,不管那个人比我高几级。您听清楚了吗?"

"埃斯特韦斯,我真的没有嘲笑你。"听完埃斯特韦斯的抨击,探长收起了面上的笑容。

"探长,您刚才就是嘲笑我了。"埃斯特韦斯义正词严地说道，因为激动，汗流愈急，"您觉得我分辨不出您那高人一等的笑容吗？"

卡尔达斯默不做声，埃斯特韦斯转向服务员，大声喊道：

"该死的，您是把可口可乐给我送过来，还是要我自己去拿？"

服务员像弹簧一般，从吧台弹了出来，一只手拿着饮料，另一只手端着一个杯子，然后把它们放到了离这位暴躁的警官最近的地方。

"埃斯特韦斯，你不要多疑。我没有嘲笑之意。"探长待埃斯特韦斯的怒气散去了些，才解释道。

"探长，我们换个话题吧。天气太热，不易动怒。"

埃斯特韦斯抓起可口可乐，把它倒在杯子里，然后又很快还给了服务员。

"我点了冰块。"

"不凉吗？"服务员问道。

"不清楚，"埃斯特韦斯觉得多说无益，"我要带冰块的。"

服务员则不以为然。

"我刚从冰柜里取出来，您看。"他把杯子拿在手里，拿近埃斯特韦斯，而他却一掌把玻璃杯推开，对服务员怒目而视道：

"我不管它凉不凉，就算是企鹅从南极拿来的，您也给我加上冰块。"埃斯特韦斯命令道，极力克制让自己不站起身。

服务员摊开了手掌，碰了碰杯子，好证明可乐真的是冰的。

"我要加冰块！"埃斯特韦斯失声吼了起来。

探长此时也不敢让他低声说话，可这位胆大的服务员似乎依然坚信自己能说服顾客，再一次把杯子递给埃斯特韦斯。

"冰块我一会儿就拿来。但是您看看有多凉。"

埃斯特韦斯站了起来，抓住服务员的脖子，使劲地摇晃他。

"我要冰块，要加很多冰块！你听懂了吗？"埃斯特韦斯声嘶力竭地怒吼道，"愚蠢的加利西亚人，木瓜脑袋。"

卡尔达斯赶忙抓住怒发冲冠的助手的手臂。

"埃斯特韦斯，你疯了吗？见鬼，你是怎么了？您呢，"探长命令道，"能去拿一下冰块吗？我看您比他更抽风。"

服务员被吓得呆若木鸡，只好慢慢地上下晃晃头。待埃斯特韦斯一把他放开，就急忙奔回吧台。过了几秒钟之后，把一个金属桶搁在桌上，桶里的冰块都快要溢出来了。

卡尔达斯和埃斯特韦斯两人静静地坐了几分钟。探长看向窗外，抽了几根烟，埃斯特韦斯则一直低着头，两只手撑在满是汗水的额头上。

心情平静些之后，卡尔达斯整理了一下思路，设想了许多种可能性，好帮助他厘清案件。他的所有推断都不成立。随后，他想起了和父亲的聚餐以及和拉蒙的通话，记起他说弗莱雷没有去工作。最合理的解释就是弗莱雷得了病，但是他的缺勤也可能有其他原因：就像拉蒙的玩笑之言那样，弗莱雷感到害怕；又或者有人为了封住他的口，让这位英俊的销售员彻底消失了。

"您不去了？"埃斯特韦斯突然抬头，看向探长问道。

"去哪儿？"

"去节目呀。"他的助手指了指墙上挂着的音响，说道："广播里刚说您的节目半个小时之后开始。"

"糟糕。"卡尔达斯看了看表,低声说道。他早就忘了今天下午要做节目。尽管一直听着广播,但是他一直沉浸在自己的思绪中,早就把它当成电影的背景音乐了。

"埃斯特韦斯,你没事吧?"卡尔达斯问道,对埃斯特韦斯的过激反应仍心有余悸。

埃斯特韦斯回答说没事。

"我去一趟电台,你在这里再等一会儿。"探长说道,"假如奥雷斯特斯没有出现,你就去找他。我们不能失去这条线索。"

"探长,您让我去哪儿找他?"

"不知道,如果田园酒吧开着门的话,就去酒吧找,或者去他家……也许警局有人知道他的情况;警官们对这些夜间工作的人比较熟。假如你不想开车的话,就打个出租车去你要去的地方,然后让部门给你报销。"

埃斯特韦斯又把手掌搭在了前额上。

"埃斯特韦斯,之前的事我很抱歉。"刚说出口,探长就感到有些后悔。"但是我们必须坚持下去。这也许是我们脱离困境的最后机会了。"

埃斯特韦斯抬起了头,把手伸向放在桌上未动过的饮料。

"你确定没事吗?"探长站起身的时候又问道。

埃斯特韦斯点了点头,卡尔达斯亲热地拍了拍他的肩膀。

卡尔达斯走出门口的时候,传来了服务员的话语:

"您就把您的朋友一个人留在这儿?"他面有难色地问道。

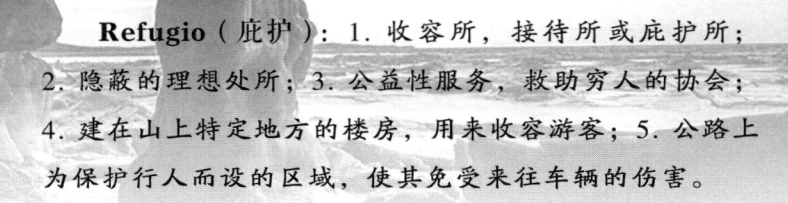

Refugio（庇护）：1. 收容所，接待所或庇护所；2. 隐蔽的理想处所；3. 公益性服务，救助穷人的协会；4. 建在山上特定地方的楼房，用来收容游客；5. 公路上为保护行人而设的区域，使其免受来往车辆的伤害。

卡尔达斯走进位于杨树广场的大楼，向门卫打了个招呼，便匆忙迈上楼梯，推开了二楼的大门。他沿着电台长长的走道，伴随着"维戈之声"的音乐，走进了控音室。

"探长好。"技术员坐在调音台前，看到卡尔达斯走了进来，打了声招呼。

"下午好。"

卡尔达斯站在空调的出风口，享受着一阵阵的凉爽，发现时间俨然七点零五分了。旁边的温度计显示地表温度为三十二摄氏度。他想起了埃斯特韦斯那被汗浸湿的绒衬衫，要是能在室内待着的话，埃斯特韦斯肯定会感恩戴德。蕾韦卡和洛萨达在玻璃后的播音室里聊着。洛萨达把耳机戴在脖子上，似乎对节目制作人的话感到十分恼怒。

卡尔达斯用手指扣了扣玻璃，两个人同时抬起了头。蕾韦卡看到卡尔达斯便展颜笑了笑，而洛萨达则气愤地指了指电子手表，颐指气使地让他走进播音室。他在隔音门的地方正巧碰到蕾韦卡。

"卡尔达斯，你去哪儿了？我给你打了一个小时的电话。"

"在工作。"卡尔达斯简单地回答道。

"你没听我的留言吗？卡尔达斯，你可真不让人省心。"

"可能是手机没电了。"探长谎称道，在餐厅和拉蒙打完电话之后，他就把手机关机了。

"您最好还是进去吧。那位传媒精英看到你没出现，差点儿闹心梗。你知道只有他自己能随心所欲，其他人……"

卡尔达斯闪身走进播音室，坐到了他的固定位子上，离阳台最近的麦克风前。

"你到晚了。"洛萨达友善地打了声招呼。

"嗯。"

蕾韦卡通过内线问道：

"洛萨达，我们直接开始《电台巡逻》节目，还是我再找一首曲子？"

"别放音乐了。我们直接接听电话。"洛萨达催促道。

"对了，卡尔达斯，"蕾韦卡继续说道，"警察局局长希望你尽快和他联系。他下午打了二十通电话找你。他似乎也打不通你的电话。"

"正因为此，我才关机的。"卡尔达斯心想道。

"蕾韦卡，感谢。"

探长早就预想过他和索托局长的谈话了，就像他突然有了未卜先知的能力一般。局长肯定不容他辩解打扰医生的原因，他一点也不想听局长的厉声怒吼。更糟的是探长自己都不知是否能及时找到理由。苏里亚加医生有权有势，行动迅速。原本寄托在奥雷斯特斯身上的那么一点希望，就像融化在热牛奶中的白糖一般不留痕迹。他们需要那位打碟手，尽管埃斯特韦斯会尽力去找奥雷斯特斯，但这个萨拉戈萨人行事鲁莽，对维戈市复杂的关系网也一无所知。奥雷斯特斯肯定早有准备，会让他们扑个空，让他们对医生的回击毫无防范。

洛萨达抬了抬手，节目音乐瞬间萦绕着整个播音室。卡尔达斯看向玻璃窗外，那些在杨树广场上聊着天的母亲，找到了一处树荫，开始了每天的闲聊。孩子们丝毫不在意炎热的天气，追逐在鸽子的后面，开始了每日的"狩猎"。鸽子们总是等到最后一刻，才展翅高飞。

卡尔达斯想到了阿尔芭。她也飞走了，在他最靠近她的那一刻逃走了。

洛萨达把手臂放了下来，随即音乐声便降了下来，播音室内的红灯亮了起来，提醒里面的人，节目正在进行直播。

"亲爱的听众，现在你们听到的是……《电台巡逻》。在这里，市民代表的声音和代表公众秩序的声音相互交汇，只为了让我们热爱的城市生活更加和谐。"洛萨达用他惯有的戏剧性的停顿，暂停了一下介绍。

卡尔达斯转回录音桌，拿起令人不适的耳机，想用接通第一个电话之前的时间,调整一下耳机。

洛萨达开始介绍卡尔达斯,就好像一场拳击比赛的讲解员介绍着拳击手。

"在我们身边的是犯罪者的噩梦,铁面无私的市民保镖,扫奸除恶的街道护卫,我们的巡逻员,卡尔达斯探长。下午好,探长。"

"很快就不是了。"卡尔达斯暗自想道。

"下午好。"

"卡尔达斯走进'维戈之声',专程为你而服务。亲爱的听众,《电台巡逻》想你所想,专为你而设。"

蕾韦卡示意了一张卡片,洛萨达随即接通了电话。

"伊内斯是今天第一位求助法律庇护的听众。下午好。"洛萨达招呼道,探长只得勉为其难地把耳机罩在耳朵上。

一番客套之后,伊内斯才言归正传,提起打电话的原因。她模棱两可地说了说交通问题。无论如何,这都属于市局的职责范围之内。

卡尔达斯记下笔记:"一起对零起。"

半个小时过去了,黑皮笔记本上只写着无精打采的几个字:"民事案件七起,卡尔达斯零起。"

不一会儿,蕾韦卡在控制室又举起了黑板,上面写着另一个名字:卡洛斯。

"昨天5月13日,我们的一个伙伴在市区的一个酒吧享受闲暇时光,结果遭到了攻击,我打电话来正是为了严正谴责此事。"卡洛斯滔滔不绝地说着，明显是依着稿读的。

"您想向卡尔达斯探长投诉此事？"洛萨达问道。

"没有必要。"弃了稿之后，卡洛斯的声音显得有些矫揉造作，"探长当时就在这个酒吧喝酒，亲眼见证了发生的事。"

卡尔达斯把嘴从话筒边移开，看向艳阳高照的杨树广场，好找找心灵的避风港。

"所有事都凑齐了。"卡尔达斯喃喃道。

"事实上，"卡洛斯继续说道，"正是卡尔达斯探长救了我们的这位伙伴，还把那位恐同症患者赶出了酒吧。"

"哦，是吗？"

洛萨达略带讥诮地感慨了一番，更是让卡洛斯一鼓作气地说了下去。他把昨晚发生的事事无巨细地描述了一遍，对政府居然在安全机构中安置这样的野兽表示强烈谴责，还要求付相应的责任。卡洛斯义愤填膺，对探长的感谢溢于言表，说探长的行为"是为他们整个群体所作的英雄义举"。

卡尔达斯一直不停地用食指和中指比画剪刀手的样子，示意让洛萨达中断通信。但洛萨达却伪装出一副民主的姿态，让这位激动不已的听众一直说完他的控诉。

探长利用这通电话之后的广告时间，要求洛萨达作出解释：

"你为什么让他说完？这个节目的本意不是让民众对警察感到害怕，但结果正好相反。"

"言论自由是第一位的。"洛萨达辩解道。

"自由？我不知你竟然也知道这个词。"

"卡尔达斯，你生气的原因是他在广播里公然声称，说你去过这样一个特殊的酒吧。"洛萨达自以为是地说道，"但是没有关系，如今的社会已经发展得相当成熟了，什么性取向都能包容。"

"洛萨达，帮我一个忙：吃屎去吧。"

卡尔达斯轻蔑地看着洛萨达，把香烟放到嘴里，用打火机点燃了烟头。

"努里娅，下午好。您接通的是《电台巡逻》节目，刚正不阿的卡尔达斯探长正在接听您的来电。"洛萨达打了声招呼，挑衅地看向卡尔达斯。

这个下午的第九位听众打来电话，渲染了一下她晚上的梦魇，说有几个恶棍连续两周都睡在她的门廊下。

侵犯私宅只能由当事人自己解决，探长拿起圆珠笔，在笔记本上记下"七对一"。

尽管戴着耳机，卡尔达斯仍然感觉到除了努里娅刺耳的声音之外，还有其他的声响。他抬起眼，看到埃斯特韦斯正在旁边的房间里，用拳头敲打着离他最近的那块玻璃。蕾韦卡和调音师站在一边，疑惑不解又心惊胆战地看着他。埃斯特韦斯，热切地比画着手势，让探长立即出去找他。

正在努里娅等待答案，好解决这个登堂入室的问题的时候，卡尔达斯迅速离开了播音室，连洛萨达都没有察觉到。

"探长，您怎么看？"洛萨达问道，傻傻地看向右边空无一人的座位。

"探长，他们把他处理了，他的这条线索断了。"埃斯特韦斯说道，他面色通红地在控音室等着探长。

"什么？"

"我去了那个打碟手的家里。找到他时，他已经死了。"埃斯特韦斯解释道，"我找了您一个小时。您的手机关机了？"

"是的。这件事有谁知道？"卡尔达斯问道。

"只有您和我。"

"我们走吧。"说着，他们向大街上走去。

从电台走道上的广播里，他们听到接近崩溃边缘的洛萨达假装电话线路不小心切断，转而播放了一首滑稽的歌曲。

Impresión（打印）：1. 打印的过程与结果；2. 把某物按压在另一个物件上留下的印记；3. 某人或某物对心情造成的影响；4. 一件印刷品的字体或质量；5. 印刷品；6. 外物对身体造成的影响和改变；7. 人或物引起的想法、情感和判断，很多时候无法解释。

茶花大道上的公寓大楼都是些功能性建筑。一些跨国公司的子公司一般都为移居到维戈市的员工租用这里的房子。整年租用公寓比每晚支付酒店费用要经济实惠得多。

卡尔达斯和埃斯特韦斯两人走下出租车，走进门厅，径直上到了五层楼。埃斯特韦斯停在了一扇门前，门上挂着一块铜牌，上面刻着"奥雷斯特斯"的名字。

"这是怎么回事？"探长推了推门，发现门锁被砸坏了，于是问道。

"我按了门铃，"埃斯特韦斯解释道，"但是没人应门，于是我就踢了几脚……"

"嗯。"

探长扫视了一眼空无一人的公寓。公寓是一室的，包含了客厅、餐厅和卧室，房间的地上铺着深色的木地板，墙是白色的。

现代的厨房也在这个房间里，建在两面朝街的窗户的其中一扇之下。墙壁上装着隔板，上面放着几十本书，两套相册，一个电子照相机和几百张唱片。所有物件都整洁有序地摆放着，只有床上没有整理，还缺了枕头。

"奥雷斯特斯在哪儿？"

"在里面。"埃斯特韦斯指了指一扇紧闭的房门。

卡尔达斯走进洗手间，发现奥雷斯特斯卧倒在坐便器前的地面上。血液从他光头的后部一直流到地上，汇成了深色的血泊，在白色大理石地板上显得触目惊心。

奥雷斯特斯的腿上穿着条纹睡裤，上半身极瘦，裸露在外。枕头被扔在地上，一角沾着血污。

"你动过什么东西吗？"

"当然没有。发现这具尸体之后，我给您打了不下八十通电话。然后我确认了屋里没有其他人之后，就关上了门，匆忙赶去电台了。"

卡尔达斯查看了一下子弹在这个年轻人后颈处留下的孔洞。他不想碰到伤口，但是后颈处的血液实在太多了，根本无法看出子弹的口径大小。他在地上也没有发现弹壳。为了查找弹壳，他抓住枕头干净的那一角，轻轻地抬起枕头。他在枕头后面发现了一个小孔，周围有深色的污迹。凶手在开枪的时候，把枪管放在了枕头后面，好降低射击的声音。他给埃斯特韦斯看了看。

"我之前就看到了。"埃斯特韦斯回答道，"现制的消音器，但是很有效。"

卡尔达斯把枕头放在地上,依旧没有找到弹壳。

"开枪的时候,奥雷斯特斯正在上厕所。"埃斯特韦斯说道。

卡尔达斯点头道:"很有可能是门铃吵醒了奥雷斯特斯。他起身去开门,开了门之后想要用洗手间。"

他们决定在通知警局之前,先在屋里分头找找线索。卡尔达斯把一块手帕拿在手里,避免留下指纹,打开了照相机,却发现内存是空的。他随即开始翻看壁板上的两套相册。埃斯特韦斯戴上从水池底下找到的手套,开始查看其他物件。他先检查了床头柜,茶几,沙发枕头之间的缝隙,厨房……然后打开柜门,一个一个地检查抽屉,逐一排查挂在衣架上的裤子和夹克口袋。

此时,卡尔达斯则仔细地开始翻看第一套相册。他就像一位修表工那样,逐一审视每一张相片,但是没有找到一张熟悉的面庞。他把相册放回架子上,放在碟片的旁边,随即打开了第二套相册。

埃斯特韦斯靠近探长,准备查看唱片。几乎所有的唱片都是翻录的,封面上用记号笔写着歌手的姓名。

"您发现了吗?现在只有蠢材才会去店里买唱片。这样下去,连水管工都要比摇滚明星赚得多了。"埃斯特韦斯说道。

"嗯。"卡尔达斯应和道,专心致志地翻看着照片。

埃斯特韦斯随意查看了一下唱片,然后左顾右盼地看着。

"他用什么听呢?"埃斯特韦斯一面想着,一面说道。

"什么?"卡尔达斯问道,眼睛依然注视着一张在田园酒吧拍摄的照片。

"没什么，在那儿呢。"埃斯特韦斯指了指厨房。"我刚想问，他这么多唱片是用什么听的，应该用的是那台电脑。"

"你说什么？"卡尔达斯抬起眼问道。

"他应该是用厨房里的那个机器听的唱片。"埃斯特韦斯重复道。

卡尔达斯之前留意到炉灶旁边的桌面上放着一个扁平的物件，他本以为是个三明治烘烤机或者类似的机器。他之前也没有注意到，旁边的一堆亮色纸堆上放着的设备。

他走近炉灶，打开这台造型独特的手提电脑，开了机。右边放着的设计时髦的物件竟是一台小型打印机，上方放着许多纸张。

趁着电脑开机设置的时间，探长又接着查看第二套相册里的最后几张照片，但是没有发现疑点，便把相册放回到架子上。

探长走回电脑边，打开显示最近运用过的程序的文件夹。发现这台电脑最近运行过的只有上网浏览器和图片处理软件。探长点开图片处理软件，找到了一张复杂的菜单。他对新的技术并不十分在行，但是足以知道奥雷斯特斯在电脑硬盘中存着上千张照片。

屏幕上有一个选项可以输入查找参数，来寻找具体图片的存放位置。卡尔达斯输入他正在寻找的名字："路易斯·瑞戈萨"。

片刻之后，屏幕上便出现了数十个包含这个姓名的图标。探长点开第一个，一张相片随即占据了整个电脑屏幕。

"太棒了!"探长说道。

埃斯特韦斯走了过来,问道:

"探长,怎么啦?"

卡尔达斯没有作声,他点开了剩下的图片,然后按了打印键。

"他们认识……"埃斯特韦斯喃喃说道,双目紧盯着打印机吐出的第一张相片。

Rastro（踪影）：1. 事件的痕迹，记号或征兆；2. 与锄头功能相似的工具，与铲子不同，带有硬而粗的齿，用于摊开碎石块或者其他类似的用途；3. 城乡之中，每周几日用于肉类批发的场所；4. 某物留下的记号和痕迹。

木门滑向一边，汽车在浓密的树木之间前行，停在了宏伟的楼梯脚下。女佣像早上接待他们时一样，站着军姿迎接他们，然后带着他们绕了房子一圈，把他们带到门廊，与早上的路线如出一辙。

然而，境况也不尽相同。太阳不再高高挂起，而是落到了海平面上，海面上波光闪闪，就好像镀了金的浮雕。温度也比正午时分低了好几摄氏度，埃斯特韦斯感到舒适了许多，不用再大汗淋漓了。

他们走去小船码头的时候，看见梅塞德斯纤细的身影，窈窕地背着光迎了过来。她在米色长裙外面套了一件白色的长衫。她经过他们身边，认出他们之后，站住了身。

"警官们，下午好，你们又来了？"她礼貌地问道。

"我们还有些事要咨询医生。"卡尔达斯谎称道。

"他知道你们在等他吗？"

卡尔达斯点了点头。

"我本来想去让他们给我备点茶，"她指了指通客厅的移门，说道，"你们也来一杯吗？"

警官们摇了摇头。

梅塞德斯走进了大厅，简短地吩咐了几句，然后与他们一起坐在了门廊的椅子上。不一会儿工夫，带着帽子的女佣端着一个小小的银盘走了出来，把盘子放在女主人左手边的桌上。

"假如你们不介意的话，我丈夫下来之前，由我接待你们。"

"感谢。"探长回答道，"医生好些了吗？"

"看样子好些了。上午你们走了没一会儿，他就出去买了些东西。"她解释道。"有心情消费就是好事。"她打趣说道。

"自然。"卡尔达斯肯定道。

"你们确定不喝茶？"她提起茶壶，坚持问道。

两位警官表达了感谢，再次拒绝了邀请。三人一同坐着，欣赏着风景，听着海浪拍打着礁石的声音和梅塞德斯用茶勺敲着茶杯的声响。

医生离开房子，走到门廊的时候，卡尔达斯的内心一改早上的平静无澜，终于觉察到了些端倪。斜阳下，杜鹃花的影子没有打在门廊上，苏里亚加的纯白的头发熠熠生光，就像在葬礼那日一般令探长注目。

"卡尔达斯探长，我以为今天早上我们已经说清楚了。"医生低沉的嗓音中带着些怒意。

卡尔达斯不想当着他夫人的面多作解释。

"埃斯特韦斯,我和医生走走,你能陪一下夫人吗?"探长向他的助手说道。

苏里亚加和卡尔达斯静静地走开了几步。探长指了指离门廊较远的石桌,就在原先石头池塘改建的泳池边上。

"医生,我们坐在那儿如何?"

苏里亚加没好气地同意了。待坐下了之后,苏里亚加就恼火地问探长有何贵干。

"请您真诚地回答我,"卡尔达斯把上午给他看过的照片又放到桌上,照片上的瑞戈萨怀抱着萨克斯管,"您认识这位先生吗?"

苏里亚加也不抬眼看照片。

"他们向我承诺今天上午的蠢事不会再发生,"医生面无表情地说道,"他们为您的莽撞行为再三道歉,卡尔达斯探长。我也承诺会把上午的插曲都忘了,但您现在越矩了。"

"您认识他吗?"卡尔达斯面不改色地继续问道。

"您觉得我是街上的小混混,会害怕您的威胁吗?"苏里亚加站起了身回答道。

卡尔达斯竭力保持镇静,说道:

"医生,我不这么认为,而且我向您保证,我对待您的方式比我觉得您应得的还要尊敬得多。我最后问您一次,"卡尔达斯指了指相片,"您认识这个人吗?"

"我已经回答过不认识了。"苏里亚加用雷霆般的声音怒吼道,"现在请您离开我的家。"

卡尔达斯又从夹克里掏出另一张照片。照片中,苏里亚加和瑞戈萨正亲热地聊着天,他们面前放着两大杯啤酒。探长把照片放到医生面前的桌上。

"您现在怎么解释?您认识这个男人吗?"

他又取出另一张两人的合照,扔在了桌上。

"您现在知道我说的是谁了吗,还是您需要考虑一下答案?"

卡尔达斯又扔出了一张照片。这张照片更清晰,医生和瑞戈萨之间的关系昭然若揭。

"医生,您不说些什么吗?"

苏里亚加面色惨白地坐下了身。他拿起了照片,片刻之后又把它们放回到桌上。

"您不需要把所有照片都给我看一遍,我见过这些照片。"医生刚才挑衅的模样变得了无踪影。

"您认识照片上和您在一起的男人吗?"卡尔达斯重新问道。

"我当然认识他,探长。"苏里亚加终于说道,"他是路易斯,路易斯·瑞戈萨。"

"我不喜欢被人愚弄,医生。"卡尔达斯紧盯着医生说道。

"您为什么一开始不说您知道此事呢?"他雷鸣般的嗓音变成了哼哼声。

"知道什么事?"卡尔达斯不知他所指为何,但依然让他继续说下去。

"知道我被敲诈这件事。您不是为此事而来的吗?我的电子邮箱里不停地收到这些照片，已经有一段时间了。我以为没有其他人知道此事。"

案件的涉事人经常会最后奋力一搏，把自己伪装成受害者来混淆视听。卡尔达斯决定拉住医生抛出的这条线，看看要把他引向何处。这位苏里亚加实在太重要了，卡尔达斯的警察生涯再也经不住任何闪失了。

"医生，您报案了吗？"

苏里亚加摇摇头。摇晃脑袋时，他的白发就像一面镜子一般，在阳光下熠熠生光。

"他们威胁我说，假如我报警的话，就会把这些照片给我的妻子。"医生瞥了一眼门廊的桌子，他的妻子和埃斯特韦斯依旧坐着。"她不知道这件事。"医生补充道。

"我们去他们看不到的地方走走，您意下如何？"

苏里亚加点了点头，卡尔达斯指了指通向码头的小路。

"探长，我们最好走另一个方向。我只喜欢远观大海。我从小就怕水；我甚至不会游泳。"

"那这艘船？"卡尔达斯问道。

"这是梅塞德斯的。我从不靠近它。"

苏里亚加指了指通向森林的小路，警官们在入口时望见过。

"从这里走。"

小路绕过泳池，把他们领向古老的栗树林。地上的草坪在树丛中延展。在一片青草的香氛中，卡尔达斯安静地走着，等着医生先开口。

"我第一次收到照片是一个周一的早晨,大约一个月以前。他们让我准备三千欧元,把钱放在城堡山的某一处,靠近基金会的地方,收到钱款之后,他们就会销毁照片。"

"你同意了?"

"是的,但是下一个周一我又收到了另一封邮件,这周后的下一周,同样的邮件……我在山上总共放了三次信封。"

"您从来没想过报警吗?"

"想过。我想去警局报警,但是后来又想,也许最谨慎的做法是寻一个私家侦探。我考虑过好几种方案,但是您知道,如果有好几种选择的话,有时更难抉择。他们要的钱并不多……相对于我的经济情况来说。我不能在此事上出错,因此我不在意一再忍让,一再付钱,一边找人帮我调查。我本想收到下一封邮件的时候就去雇人,但是上周一我却没有收到任何照片。"

"因此您决定万一此事不再发生,就将此事隐瞒起来。"

"正是,探长。我不想张扬此事。我一向尽可能地低调行事,但事与愿违,却是个公众人物。这个城里,很少有人认得出我的长相,但是所有人都知道我的名字和我代表的机构。我不能允许这样的一桩丑闻影响到基金会。"

"和您的家庭。"

"正是,所有事情都是环环相扣的:工作,家庭,社会……一桩丑闻就能让我的努力和我父亲之前的成果付之一炬。"

卡尔达斯想着医生的一番话,需要切实的证据来支撑。

"那些信息您保存了吗?"

"没有。我只保存了几天，然后就把它们删了。"

"这可有理说不清了。"探长想道。

"那么，谁会拍这些照片呢？"

"我不知道，探长，我一点儿也想不到。"

"谁会寄这些照片呢？"

"这我也不清楚。我不是电脑专家，但是我也做了些功课。邮件发件人的注册名是假名，而且十分可笑；我能查到的就是这些邮件全是从咖啡馆的公共网络发出的，而咖啡馆每天都进出上百人。"

"您最起码得知瑞戈萨的死讯了吧？"

"当然。昨天我和您一样，去了葬礼。我上午和您说过，我对人脸过目不忘。"

石径引着他们穿过一棵棵玉兰树、杉树和松树。在小路分叉之地，苏里亚加指了指右边的路。

"您从没想过可能是瑞戈萨导演了一切？"

"您疯了吗？瑞戈萨为何会想要敲诈我？"

"瑞戈萨一死，您就再也没收到过邮件，您不觉得蹊跷吗？"

"不会。"苏里亚加毫不犹豫地回答道，"瑞戈萨需要什么，只要和我说就行了。像他这样的人不会为了这么点钱干傻事。您看过照片了。您也知道我……我们的事了，探长。"

卡尔达斯点了点头，苏里亚加继续为瑞戈萨辩解道：

"我们不只是普通朋友。但凡他想要的东西，我都会毫不吝惜地去满足，甚至不会过问它的用处。他不需要用这样的方法。"

"您给了？"

"给了什么？"

"给他钱。"

"天哪，当然没有。"医生用手拨了一下白发，"但假如他向我要的话，我一定会给。"

"您那么在意他？"

"您什么都不懂，探长。"

"我们谈话的目的，不就是请您给我解释一下我不懂的地方吗？他对您很重要？"卡尔达斯坚持问道。

"当然，他对我来说，远比他自己所认为的还要重要。"

"但是没有重要到可以抛弃您的妻子。"

"探长，我已经和您说过我的身份了。像苏里亚加基金会这样的巨大工程需要个人牺牲。我选择过这样令人压抑的双重生活。这么多年了，我一直瞒着梅塞德斯。"

"这样做值得吗？"

"我觉得值得。至少我一直这么想，也一直这么做的。有时候我确实想过要向她开诚布公。"

"您为什么没有这么做呢？"探长问道。

"和梅塞德斯说吗？有好几个原因，但首先，瑞戈萨不让我说。他总是鼓励我，让我继续我的两项重要工程：基金会和我的夫人。"

两人漫无目的地走着，时而经过几处用木桩圈着的路段。探长全神贯注地听着苏里亚加的解释，觉得眼前的这位医生十分沮丧颓唐。

"您从什么时候开始这样的双重生活的？"

"事实上，我一直隐约有些怀疑，但在瑞戈萨出现之前，我从来没有向前迈出去过。我从没想过要去那样的酒吧。我已经过了标新立异的年纪了，也不适合去这样肤浅可笑的场合凑热闹了。"

诚然，眼前的这位白发男子和打电话给电台举报埃斯特韦斯的那位听众的气质截然不同。

"您能说一下，您和瑞戈萨是怎么认识的吗？"

"在基金会赞助的一个爵士音乐节上认识的。独奏表演之后我们聊了一会，之后一起吃了晚饭，再后来……"

"什么时候的事？"

"大约三年前。"

"您确定您的夫人一点儿也没有起疑吗？三年时间可不短。"

"梅塞德斯吗？我不觉得。我向来不是一个模范丈夫，总是烦于琐事。"

"医生，您知道瑞戈萨是被谋杀的吗？"

"他去世之后，我就彻底崩溃了，完全与世隔绝，只从家里去过墓地。"他悲伤地说道。

卡尔达斯想道，苏里亚加打电话给他的上级，让他远离自己的庄园的时候，可没有显得那么潦倒。

"您了解福尔马林吗？"

"医生，您在和一位经营医院的医生谈话。我怎么可能不知道什么是福尔马林呢？"

"凶手正是用福尔马林将瑞戈萨杀害的。"

"让他熟睡？"

"并不是。"

探长不想过多地解释，他已经抓住了对手的一处要害，在警局他有充足的时间审问医生：

"我们往回走？"

他们俩沉默着走了回去。傍晚的阳光照在悬崖之上，树上叶片的剪影在地上画上了千奇百怪的图绘。随着光线的下沉，植物的香味愈加浓郁。

他们快走到房子里的时候，探长决定告一段落。

"您听过奥雷斯特斯这个名字吗？"

"没有听过。"

"请您仔细想想，医生，您已经欺瞒过我一次了。"

这样的论述让苏里亚加有些难堪。

"我不知道奥雷斯特斯是谁。我对您已经开诚布公了，您不需要再含讥带诮。"

"您整日都待在家里吗？"探长换了个策略。

"是的，我早就和您说了，我已经好几天都没有迈出这道墙了。您现在又何来此问？他和我有什么关系吗？"

"您记得今天上午我和您说过，我有一位证人能指证您和瑞戈萨的关系吗？"

"记得。"

"我给您看的这些照片,也就是您说您之前收到过的那些照片,都存在奥雷斯特斯的电脑里。我们原本约了今天下午谈一谈,结果他没能来赴约,因为他被谋杀了。有人趁他在自己的公寓里上洗手间的时候,朝他的后颈开了一枪。巧合的是,我们约定的谈话内容正是关于瑞戈萨的。"

"关于瑞戈萨?"

"您知道田园酒吧吗?"

"知道,是一家同志酒吧,但我记得说过,我向来不去这样的地方。"

"您不去,但似乎您的朋友瑞戈萨经常会去光顾。被谋杀的年轻人是那家酒吧的打碟手。"

苏里亚加认真地听着。

"探长,您为什么和我说这些?"

"我向来不相信巧合这回事。我想让您和我一同去警局做一下笔录。"

"您要逮捕我?"苏里亚加不敢置信地问道。

"我不会给您戴上手铐,如果您是担心这个的话。但是您最好找一下您的律师。两桩命案可不是小事,特别是对于您这样的大人物来说。"

"两桩命案?"苏里亚加疑惑地看着探长,"我和您坦白说的这些话,不会让您觉得我会杀害瑞戈萨和另外一位年轻人吧?"

"我没做任何揣测。您如果能证明无罪的话,我会很高兴。

我只负责我的本职工作。当然，我也可以自己先回警局，但凭现有的证据，我过不了多久就会拿着法官签名的逮捕令回来。"

"您让我去取一下外套。"苏里亚加有气无力地回答道。

卡尔达斯注视着苏里亚加的背影，他拖着沉重的脚步，走向他那壮观的石头别墅。

"医生！"卡尔达斯喊道。

苏里亚加止住了身，转向探长。

"您或许该和您夫人谈谈……也许这件事会不了了之，但是也有可能会公之于众。我认为从您口里得知，她会更容易接受些。"

"我不知道她是否会相信。"医生坦言道，"但是向梅塞德斯坦白，对我来说是一种解脱。"

Relación（关系）：1. 联系，一件事物和另一件的关联；2. 交往，一人与另一人的交流；3. 对一件事的描述；4. 人或事物的清单；5. 一句话的两个成分之间或两句话之间的关联或联系。

他们和苏里亚加一起走进警局的会议室，让他坐在了会议室的沙发上，用咖啡机为他倒了一杯咖啡。医生虽是疑犯，但这样一位声名显赫的人需要以礼相待。

卡尔达斯和埃斯特韦斯被叫到了索托局长的办公室。

"你们能给我好好解释一下，苏里亚加医生在这儿做什么吗？"索托对他们一向温柔相待。

埃斯特韦斯紧张地叹着气，卡尔达斯开了口。

"他和瑞戈萨的死有关，就是那位前几天在托拉亚大楼被人谋杀的乐手。"

"我知道瑞戈萨是谁，"局长打断道，"我想知道的是苏里亚加医生在我的警局干什么。你知道上级明确给我下令，不要去打扰他吗？你就是这样理解不去打扰某个人的吗？"

埃斯特韦斯低下了头，卡尔达斯则依然面不改色。

"我们不是强行带医生过来的，局长，如果这样说您方便交差的话。他自愿和我们一块儿来警局，是他自己的决定。"

"说得好，他还自愿向你申请一个阴暗的牢房。"索托局长神色不安地讥讽道。

"局长，关于医生为什么会在这里，您想听一下我的解释吗？"卡尔达斯等待着局长的回答，但是局长却没有作答。"其他长官也许很快就会打电话来询问原因，您可能需要准备一套说辞。"

局长坐了下来，指了指桌子另一边的椅子。

"说吧，"索托命令道，"言简意赅些。"

两位警官坐了下来。卡尔达斯把一个信封放在了桌上，开始了他的陈述。

"简短地说，苏里亚加医生和瑞戈萨保持了若干年的关系……"

"关系？"索托打断道，"你在说什么鬼话？"

"关系，局长，一段关系……换个说法就是一段感情。"

"卡尔达斯，你别胡说八道，"局长喊道，站起了身，把一只手臂挥舞到空中，强烈地表示否定，"我们说的是迪马斯·苏里亚加先生。"

"您想听我向您解释吗？"卡尔达斯一本正经地说道。

局长看到卡尔达斯一脸认真的表情，又坐回到了椅子上。卡尔达斯觉得局长表示了同意，于是又接着说道：

"苏里亚加和瑞戈萨的关系持续了三年。这段关系十分隐蔽，其他人都不知情，甚至连他的夫人都不知道。他周围所有人都不知道瑞戈萨的存在。大约一个月前，医生的电子邮箱开始收到匿名邮件。这些邮件没有真实的寄送人名，附件中带有相片，这些相片揭示了医生和音乐家的关系。在这些邮件信息中，敲诈人向医生索取一大笔钱财，并向他保证不会公开这些照片。医生一向行事谨慎，担心有人会揭发他的秘密，于是决定支付勒索款。"

卡尔达斯一边汇报着案情，一边把玩着信封，顿了一顿。

"局长，以上是我转述苏里亚加自己的陈述。医生本人可以一一和您对证。"

"卡尔达斯，你的结论是什么？"索托说道，"你难道要告诉我，你把医生带到警局，好让他因为受到敲诈而报案吗？"

"并不是，局长，苏里亚加在局里，是因为我们认为他或多或少和音乐家的死有关。"

"你不是刚和我说，瑞戈萨是他的情人吗？"局长不想惹上苏里亚加基金会这样的大麻烦，说道，"卡尔达斯，你帮我个忙……"

"我正想继续和您说。"卡尔达斯回答道，"如果您批准的话，我说一下我的推理。"

"因为你的推理，所以把苏里亚加医生带到了我的警局？"

埃斯特韦斯在椅子上挪了挪身子。

"到现在为止也就只有这些。"卡尔达斯回答道。

"天呢！卡尔达斯，你要把我给毁了，你要把我们所有人都拖下水。"

索托局长用手掌遮面，然后使劲地揉了揉眼睛，看向探长。

"继续说！"局长简短地命令道。

卡尔达斯得到局长的许可之后，开始陈述详情。

"苏里亚加从收到第一则消息的震惊中恢复过来之后，开始努力寻找寄件人。寻找的过程需要花费时间，于是在敲诈持续的后几周，他都如数支付所有金额。像苏里亚加这样有权有势的人，拥有足够的资源，就是再严密的嘴都可以被撬开。他终于在没有引起怀疑的前提下，找到了敲诈者。他虽然花了些时间，但是最终还是找到了他要找的东西。"

埃斯特韦斯和索托两人静静地听着探长所说的一字一句。

"发现敲诈的始作俑者远比受到敲诈本身更令医生痛心。信息背后隐藏着的是一位同志酒吧的 DJ，同时也是一位摄影爱好者，和医生的情人，瑞戈萨本人。"

索托局长张开了双臂，要求更多的解释。

"医生深藏的秘密却被他最信任的人泄露了。"卡尔达斯不容置疑地继续说道，"他先感到深深的痛苦，但是迷茫与挫败感很快就让他燃起了仇恨和报复的欲望。瑞戈萨玩弄了苏里亚加真挚的情感，并且利用了他的感情。医生想要获得补偿，想要以这种出人意料的方式来弥补他巨大的痛苦。"

"你有什么证据吗？"索托问道。

探长打开手上拿着的信封，从里面掏出几张在奥雷斯特斯的家里打印的相片。

"今天早上，当我们去找医生时，医生信誓旦旦地说不认识瑞戈萨。"卡尔达斯一边说着，一边把苏里亚加医生和瑞戈萨的照片摆出来，排列在桌上，"现在他的说辞是，他欺瞒我们的原因正是想隐瞒敲诈这件事，好让相片不要公之于众。"

卡尔达斯在继续陈述之前，留了点时间，让狐疑的索托仔细审阅照片。

"据我推断苏里亚加医生一直在等待合适的时机来实施他的报复。他不想留下任何他与犯罪案件关联在一起的痕迹，但是他需要神不知鬼不觉地进出一个小岛，这个小岛只有一个入口，入口处 24 小时都有保安监控。苏里亚加之前去过几次托拉亚岛，他知道每当下雨，守卫为了不让制服沾湿，都会主动给他认识的车辆放行。第一个雨夜就给苏里亚加带来了机会。医生约了瑞戈萨在某个地方见面，然后两人一起坐在瑞戈萨的车上穿过大桥。正如医生所料，保安没有走出岗亭。他仅仅抬起了护栏让车通过，没有发现医生坐在副驾上。夜晚的黑暗加上大雨，还有这个季节里，托拉亚大楼里没有避暑的住户，几乎没有人能够指证医生那晚在岛上。"

卡尔达斯暂停了一下对他推测的陈述，询问局长是否要继续下去。索托挥了挥手，示意他继续说下去。

"他们到了公寓之后，像往常一样喝了几杯酒。他的态度没有令瑞戈萨感到怀疑，医生在商务谈判中也时常显现出的猎食者的天性，让他完美地掩饰了他的图谋。假装激情难耐，医生把瑞戈萨的手绑在了床头，好让他随意摆布。瑞戈萨反应过来的时候为时已晚。苏里亚加导演了一出令人痛不欲生的冷血复仇。作为外科医生，他深知将福尔马林注入活体组织之后的破坏性后果，从惊恐的瑞戈萨口中听完他参与敲诈的坦白之后，医生塞住了瑞戈萨的嘴，好让他喊不出声。然后将福尔马林注入瑞戈萨的生殖器，实施他残酷而致命的报复。您在解剖室也看到了注射之后的可怕后果了。"

局长微微点了点头。

"怎么可能忘记。"埃斯特韦斯惊愕地说道，眼前又浮现出瑞戈萨生殖器的画面。

"卡尔达斯，这些只能证明苏里亚加认识瑞戈萨。我们甚至还能证明医生确实受到过敲诈。"局长拿着一张照片说道，"但是我们此番正行于流沙之上。要证明医生也牵涉此案，我们除了猜测，还需要其他物件。我们需要证据。"

"您让我给您证据。"卡尔达斯请求道，又说回托拉亚岛上发生的事件，"医生趁他的情人在弥留之际，仔细地对公寓进行了全面的清洁。任何指纹，无论是那晚，还是以前来看瑞戈萨时留下的，都足以将他和案件联系在一起，将他的全盘计划付之一炬。他把客厅桌上的杯子留到最后，他想先仔细地把其他指纹先擦去之后再处理。但是，当时有什么触动了冷血的苏里亚加，使他提早逃离。也许是声音或者灯光，我不清楚。事实是医生离开大楼时，遗漏了杯子上的指纹。尽管保洁毁坏了绝大部分，但是我们依然复原了一小部分，可以和医生的指纹进行比对。假如指纹吻合，我们就可以把迪马斯·苏里亚加定位到犯罪现场。"

"我还是没有发现充分的证据,来指控像苏里亚加这样的人物实施谋杀。"局长否定道,"即使指纹真的是他的,也只能证明医生去过瑞戈萨的公寓。至于他为何隐瞒实情,他大可以说因为自己害怕照片被公之于众来开脱。我们为什么不等等现场勘查队的最终报告再定夺?"

"此外还有那位打碟手。"卡尔达斯说道,一旦发起攻势,就不愿后退一步。

"谁?"

"我已经说过苏里亚加是如何发现敲诈背后隐藏的这两个人的。其中之一便是瑞戈萨,他的情人。另一个则是他的同伙,负责拍摄照片,通过邮件将敲诈信息和照片发送给医生。"

"你们找到此人了吗?"索托问道,急切地盼望能找到确凿的证据。

卡尔达斯回复索托说已找到此人。

"昨晚我们去找过他。他在沙街上的一家名为田园的酒吧当打碟手,这个酒吧是个同志酒吧。"

"嗯。"索托局长应了一声。想起酒吧的那位同志举报了埃斯特韦斯的行径,他便严厉地瞥了一眼埃斯特韦斯。

"这个年轻人承认认识瑞戈萨。他对我说瑞戈萨不是常客,但是有时候会光顾田园酒吧。但是,当我问及白发男子时,也就是医生最显著的外貌特征时,他就变得神情闪烁。您也亲眼见到医生的白发了。"

局长微微侧了侧头,证实他见过了。

"当我对他说，瑞戈萨被谋杀时，"探长继续说道，"这位年轻人显得极为害怕。他似乎感到十分不安，不想继续在那里谈下去。我们约了今天下午五点在一处离他家，离警局，也离酒吧都较远的地方见面。"

"你们得到什么证据了？"索托问道。

"没有，局长。他没能来赴约。"卡尔达斯回答道，"他名叫奥雷斯特斯·里亚尔。就是那位居住在茶花大道的公寓中，今天脖颈后侧被射击而亡的年轻人。我确定就是苏里亚加干的。"

局长几个小时以前就知道了这桩新近发生的谋杀案，不禁用手摸了摸脸。

"这又是猜测？"

"目前是的，局长。您桌上的相片存储在死者的电脑中，"卡尔达斯指了指照片，"我敢保证奥雷斯特斯的死亡时间在一点以后，我们从苏里亚加的家中离开之后，医生应该是去了他的家。这个年轻人一直工作到早上七点，那时应该还在睡觉。奥雷斯特斯肯定十分害怕，因此医生以报警为威胁，让他打开了房门。医生进入房间之后，等待年轻人放松戒备，好开枪射击。顺带提一提，苏里亚加说他不记得这个时候离开过家了。他声称好几日都萎靡不振，没有离开过庄园。他的夫人则毫无隐瞒，她说医生因为要买些东西出过门。看来我们的造访，起到了良好的效果。"

局长抬了抬手，卡尔达斯停止了陈述。

"卡尔达斯，这不太符合逻辑。苏里亚加怎么知道你们前天晚上和奥雷斯特斯见过呢？你们之前都没有拜访过苏里亚加。"

"他不知道。我今天早上试探了一下医生，向他保证说有证人能够证明他和瑞戈萨相识。我只是想让他慌乱，放一颗烟雾弹好让他自乱阵脚。"卡尔达斯解释道，"苏里亚加一定推理了一番，决定在这个实施敲诈的同伙开口之前，先把他给处理掉。然后他又动用自己的关系网，好让我们不能再插手案件。"

"他现在可把自己给网进去了。"索托补充道。

听到探长的论断不仅仅是空中楼阁，埃斯特韦斯露出了笑容，逐渐放松了下来。

"几分钟以前，他们报告说找到了一只手套。我相信您知道此事了。"

"是的，这是报告。"索托从抽屉里找出一份文件。"在离奥雷斯特斯的住宅大门最近的垃圾桶里找到了一只乳胶手套。"索托继续读道，"手套外侧明显有火药残留。"

"假如我说的没错的话，局长，手套里层肯定能找到苏里亚加医生的DNA残留。"

"这样看来，医生似乎难脱罪名。"局长开始动摇。

卡尔达斯点头说道：

"伊西德罗·弗莱雷出现之后，就可以下定论了。"

"谁？"局长对这个名字感到十分陌生。

"一个养着一条黑狗的家伙。"埃斯特韦斯忍不住插嘴道，探长责备地瞥了他一眼。

"伊西德罗·弗莱雷在里奥制药工作。他是实验室的销售员，负责维戈市区的销售。"卡尔达斯向他的上级汇报道，"正是他向苏里亚加基金会提供的福尔马林。假如您问我的意见的话，我认为弗莱雷也不在人世了。"

"拜托，卡尔达斯！"局长听了卡尔达斯的论断之后，喊道。但是卡尔达斯没有搭理局长，继续说了下去。

"伊西德罗·弗莱雷正是苏里亚加和福尔马林溶液之间，也就是罪犯和毒药之间的桥梁。我要了一份销售员的电话记录，最近几日他和苏里亚加医生联系了好几次。弗莱雷今天没有去办公室，也不接电话。您还想听些什么，局长？假如苏里亚加把瑞戈萨和奥雷斯特斯都除掉了，那么既然弗莱雷会把医生牵扯进谋杀案中，我找不到任何放过弗莱雷的理由。"

索托局长面对如此充分的理由，哑口无言。卡尔达斯站起了身。

"局长，您现在知道为何苏里亚加医生会出现在此了吧？"

Lluvia（雨）：1. 从云层以雨滴形式降落的大气层降水；2. 一系列同时出现或发生的事件的集合。

5月20日下雨。天气像寒冬一般凛冽。

下午一点半，探长靠在吧台上，等着卡洛斯准备的开胃酒，好配他今天早上在市场上买到的乌贼。卡洛斯给探长和其他几位熟客都打了电话，告诉他们今天早上的重大发现，他中午要把乌贼用古法烹调，配上清淡的红酒酱、洋葱、月桂和碎土豆。卡尔达斯被这些小小的头足纲动物吸引而来，到得比约定的时间还要早。教授们也异乎寻常地坐在桌边，面前放着几杯酒。这四位教授和卡尔达斯一样，一般都在晚上才来艾利希奥酒馆，但是为了这海味，也不禁改了改作息习惯。

从上周开始，本地报纸每天的头版头条都是所谓的《苏里亚加案件》。大众开始对这位知名人士进行群体抨击。尽管还没有开庭，医生就好像已经被判了刑。他们指控医生是一位成天灯红酒绿的同志，一个臭名昭著的连环杀手。

尽管越来越多的证据都对他不利，医生仍然声称自己是无辜的。唯一对他有利的是，在瑞戈萨家里找到的指纹与医生的指纹不符，他的律师团队紧抓住这一点不放，强调没有证据能证明在案发时刻，他们的被告人就在托拉亚岛上的大楼内。

尽管如此，他们对于乳胶手套的检测结果却也无法辩驳。一方面，手套外侧附着的火药与杀害奥雷斯特斯的武器所用的火药吻合。另一方面，DNA检测结果证明手套内部留有迪马斯·苏里亚加的基因残留。

日报的头版照片上，医生显得十分憔悴，身边站着他的一个律师和狄安娜。医生像是受到了沉重的打击，随时随地都想要举旗投降。尽管困难重重，但是他的侄女依旧坚持不懈地想要替他洗清冤屈。狄安娜临时当起了她叔叔的发言人，利用各种媒体采访的时机，公开赞扬医生恩施天下的不凡功绩，她义愤填膺地谴责这位苏里亚加基金会的主席所受到的不公正待遇。

医生的夫人一直没有露面。日报描述说，自从她的丈夫被逮捕的那个午后，梅塞德斯就一蹶不振，在庄园之中闭门不出。

"乱成一锅粥了。"卡洛斯一边往卡尔达斯面前的杯子里倒酒，一边指了指报纸说道。

"是的。"

坐在邻桌的一位教授，一边翻阅着报纸，一边问卡尔达斯是否参与了苏里亚加案件的调查。

"或多或少吧。"卡尔达斯谨慎地回答道。

"你应该把你的案件调查写成书。"另外一位教授说道。

"会的。"探长眨了眨眼说道。

"我认真的。"教授坚持道,"侦探小说最能吸引读者了。"

"你说得对。"卡尔达斯把酒杯放到嘴边,回答道。

探长一边琢磨着教授关于侦探小说的论述,一边品味着红酒在他唇齿之间留下的酸涩,口感令人愉悦。

突然之间,探长的内心就好像有一个肥皂泡突然爆裂开来,扑灭了他脑海中最近一直忽明忽暗的那抹微光。待它即将熄灭的那一刻,回忆突然变得鲜活起来,让他想起了在检查瑞戈萨的公寓时的发现,但一直到此刻都被他忽略的一个细节。

他清晰地记起死者的书架上摆满了侦探小说。他还记得床头柜上叠放着的两本书之中,也有一本是这个类型的小说。然而,桌上放着的另一本夹带书签的书,却属于完全不同的类别,是一本黑格尔的长达八百多页的书。

即使这个细节对破案没有重大的影响,但想到此,让他连日以来因为这道疑光而产生的不适一扫而光。

"一个习惯阅读侦探小说的人,居然拿了一本黑格尔的《哲学史讲演录》作为床头书,你们觉得正常吗?"他回忆起书名,于是向邻桌的教授们请教道。

这些教授满脸疑惑,看向他们之中最有资历的那位。

"我也不知道,"在众人瞩目之下,那位教授只得回答道,"尽管黑格尔经常运用隐喻来减低阅读理解难度,但是他的书要是在晚上阅读的话,确实不容易消化。"

其他三位知识渊博的同桌一致表示赞同。

"黑格尔不就是宗教审判的主要支持者之一吗？"卡洛斯站在吧台后说道，显示他作为这家知名酒馆老板的博学。

"你可以这样理解，卡洛斯，但又略有不同。黑格尔支持所有能让人类获得救赎的事物；这种救赎一般认为指的是灵魂层面。因此也支持那些宗教法庭的大法官。"这位老教授解释道，"黑格尔同样欢迎痛苦，假如痛苦能令人悔恨。"

卡尔达斯觉得这句话听起来很耳熟。他想起电台的一位听众，在上周打来的电话里也说过类似的话语，这个巧合未免过于蹊跷。他掏出手机，拨通了电台的电话，让他们转接制作室。

"蕾韦卡，不好意思，打扰一下。"

"卡尔达斯，从电话里听到你的声音真是太神奇了。发生什么事了吗？"

"没有。我只想问问一个听众的电话号码。就只是出于好奇而已，没什么其他的事。"

"如果是近期的来电的话，那就没问题。节目一般都会被刻录下来，保存一段时间。你想知道哪天的？"

"上周，但我想不起具体日期了。"卡尔达斯模棱两可地说道，"你肯定比我记得清楚。我想找让洛萨达答不上话的那个人，只说了一句很晦涩的话，然后就挂了电话的那个。"

"我知道你说的是哪个了。这个人把咱们这位领导气得不轻。"蕾韦卡回答道，"应该就在我手边上。我们一般把那些来电咒骂的、插科打诨的和像这样精神不正常的听众单独记录。这样的话，如果他们下次再打来，我们就有备无患，不会进行转接直播了。虽然这样的排查也不是很科学，但至少比没有措施强。我看一下……在这儿呢。听众名叫安赫尔，我觉得不像真名。他说的那句话是'假如痛苦能让人悔恨，那么就让痛苦降临吧'。他说得很慢，而且重复了两遍，所以我有时间记下来。这样他下次打来的时候，我们就更容易辨识出来。"

"感谢，蕾韦卡，你效率真高。"卡尔达斯说道，惊讶于这位节目制作人居然这么快就能找到这句话。这位听众引用的作者，居然和摆在瑞戈萨床头柜上的书的作者相同，让探长觉得很意外。

"卡尔达斯，你要记一下电话号码吗？"

探长喜出望外。

"说吧。"卡尔达斯看到卡洛斯的衬衫口袋里插着的圆珠笔，便借了过来，记下了号码。

"你还想知道什么吗？"蕾韦卡报完号码后，询问道。

"可以知道电话是哪天打来的吗？"探长问道。

"当然，卡尔达斯。是5月12日。"

卡尔达斯翻开报纸，寻找《苏里亚加案件》相关报道中瑞戈萨被谋杀的日期。凶手于5月11日至5月12日晚上谋杀了音乐家。

他挂断了蕾韦卡的电话，意外的巧合总是令他觉得可疑。他的第一反应是拨打蕾韦卡刚才给的号码，但是他仔细思考了一下，还是决定先打给警局，让他们查询一下这个号码持有人的地址。

"你好，我是卡尔达斯。你能告诉我一下这个号码是谁的吗？"卡尔达斯问道，把号码告诉了那位接电话的警官。

等待查询的时候，卡尔达斯观察着那几位教授。他们手里拿着红酒，依旧围绕着黑格尔，热烈地讨论着。尽管也是少数服从多数，他们最终民主地达成了一致，认为这位德国哲学家的性格令人难以捉摸，其学说也是块难啃的骨头。

"探长？"卡尔达斯听到了电话另一头那位警官的声音，"这个号码不是私人号码，是医院的一个公共电话亭的。"

"哪个医院的？"卡尔达斯问道，对这个他隐约已知的答案感到不安。

"苏里亚加基金会的，探长。"警官说道，证实了卡尔达斯不祥的预感。

"非常感谢。"探长说了一句，便挂断了电话。

他跌坐在酒馆靠窗的一把椅子上，窗户玻璃四周用漆成绿色的木头框着。他全神贯注地看着雨滴拍打在玻璃上，就连卡洛斯把平底锅端放到卡尔达斯的面前时，他都对这香喷喷的气味毫无所动。

那几位学者欢呼了起来，把哲学研究一起抛到九霄云外去了。

"让上帝来拯救这些乌贼吧！"

探长走上了大街。

没有人留意到他。

Vuelta（翻转）：1. 一个物体绕一点运动或者围绕自身旋转，直到翻转到起始位置，或者重新旋转到原位置；2. 直线上的弯曲或者偏离直路；3. 一件物体围绕另一件物体的回旋；4. 回到起点；5. 在自行车赛或其他运动中，环绕一个国家，一个区域或一个乡镇的分段赛；4. 将物品归还持有人；7. 归还或补偿；8. 某物的重复；9. 朗读或反复朗读一个素材；10. 按照次序替换某物。

卡尔达斯穿过警局的一排排桌子，待经过埃斯特韦斯时，探长用手比画了一下，让他跟上。探长穿过办公室的磨砂玻璃门，把夹克挂在衣架上，坐在自己的黑皮椅子上，随即拿起了话筒。

"探长，发生什么事了？"埃斯特韦斯走进办公室问道。

"帮我个忙。"探长用一只手捂住话筒说道，"打电话给里奥制药找拉蒙，问问他有没有伊西德罗·弗莱雷的消息。"

埃斯特韦斯穿过玻璃门，消失在成排的桌子间。

"现场勘查队？我是卡尔达斯。我想找一下克拉拉·巴尔西亚。"

离开艾利希奥酒馆之后，探长就想找克拉拉，这位对瑞戈萨公寓进行现场勘探的警官。他知道克拉拉工作细致，相信她可以帮上忙。

"克拉拉，我是卡尔达斯。"探长听到克拉拉的声音之后说道,"我想问问你关于托拉亚大楼的那起瑞戈萨案件调查的事情。你记得放在床头柜上的那本书吗?"

"黑格尔的那本,还是另一本?"克拉拉问道。

"黑格尔的那本。"探长说道,"这本书有什么特别之处吗?任何记号、笔记、致辞、标记……诸如此类的。"

"除了有一句话被画了出来以外,我没有发现其他奇怪的地方。"

"哪句话被画线了?"

"有一句被用铅笔画出的话。就在有书签的那一页上。"

"你记得说的是什么吗?"卡尔达斯问道。

"那句话?我不记得原文了,但是有点耸人听闻。什么欢迎痛苦,假如这样就可以获得忏悔之类的。"克拉拉说道。

"你确定?"卡尔达斯激动地问道。

"差不多吧。"克拉拉犹疑地答道。

"你之前怎么没和我说?"

"探长,我都写在报告里了。"克拉拉忐忑地说道。

"报告?"

卡尔达斯没有读过克拉拉的最终报告。迪马斯·苏里亚加被捕之后,探长就停止了调查,全然不过问这个案件。他只负责抓住疑犯,提供相应的证据,之后的事全由初审法庭负责。

"我还写了一条注释,指出这句话证实了您关于情杀的论断。"克拉拉补充道,卡尔达斯的语气让她觉得有些疑惑,"您没有看报告吗?"

卡尔达斯没有作答，只是把桌上堆积如山的文件都拿开。

"医生已经被逮捕，"克拉拉继续解释道，"我以为不需要再向您报告这个案件了。"

探长找出一堆文件中的一叠钉着的卷宗，把它翻了过来。正是克拉拉的最终报告，关于瑞戈萨被谋杀的结论。

"混蛋！"探长低声咒骂道，"克拉拉，抱歉，我们一会儿再说。"

卡尔达斯挂断了电话，飞快地翻看着报告，寻找关于那句话的报告。他确定这句话绝不是因为巧合才被画出的。卡尔达斯找到了这句话，读道："假如痛苦能让人悔恨，那么就让痛苦降临吧。"

"混蛋、混蛋。"卡尔达斯一遍又一遍地读着这句话，咒骂道。

"长官，可以进来吗？"埃斯特韦斯又走进了办公室，打断道。

"有弗莱雷的消息吗？"卡尔达斯没有把视线抬离报告，向他的助手问道。

埃斯特韦斯给出了否定答案。

"我们去过厂子里之后，他就再也没有去过办公室。"

探长把报告放在了桌上，把手掌合在一处，抬到了唇前。

"他当然没有出现。"探长自言自语道，"我怎么这么糊涂呢。"

卡尔达斯站起了身，取下夹克，身后跟着他的助手，火急火燎地离开了办公室。

警官们的汽车沿着海岸线前行。雨水倾盆而下，他们几乎看不清公路。还不到傍晚，天空已经与海面一般深沉了。

"怎么不是他？"埃斯特韦斯迷茫地问道，"是您亲手把医生的所有判罪线索和证据提交上去的。"

"我说有可能不是他干的，只是有可能。"卡尔达斯坐在副驾驶座上，反驳道。

埃斯特韦斯不明白探长突然转变想法的原因。

"您能说说发生了什么，让您现在觉得他是无辜的？"

"无风不起浪。"卡尔达斯晦涩地答道。

"对不起，探长，我手头可没带上罗塞塔石碑①。您能直接告诉我您的想法吗？还是我们又要玩猜谜游戏？"

卡尔达斯也不确定自己所寻何物，他已经错过一次了，不想再犯同样的错误。思绪和红酒一样，都需要时间沉淀。尽管如此，探长还是决定把脑袋里徘徊不去的想法告诉埃斯特韦斯。

"瑞戈萨案发的那日，我在电台接到一通电话。一个男人说了一句话：'假如痛苦能让人悔恨，那么就让痛苦降临吧。'他引用的是黑格尔的一句话，为了解释清楚，重复说了两遍。我们每周都会接到奇怪的电话。"探长强调道，"本来此事也无关紧

---

① 译者注，罗塞塔石碑是一块同时刻有古埃及象形文、古埃及草书，以及古希腊文三种文本的世界级文物，世界四大名碑之一。由于石碑上的碑文被用来破解了千年迷题，罗塞塔石碑现在又被用来比喻要解决谜题或困难之事的线索或工具。

要,但在瑞戈萨的床头柜上恰巧出现了黑格尔,这位德国哲学家的一本砖头书。瑞戈萨其他的文学书都是轻松的读物,唯独这本书风格迥异。我无法想像瑞戈萨演奏完了之后,还会有精力研习19世纪的哲学。"

"为什么不能呢?"埃斯特韦斯打断道,"假如他不在意男人上他的床,那他喜欢黑格尔也不奇怪呀。"

卡尔达斯此时正忧心忡忡,无法回应埃斯特韦斯的玩笑话。本想在剩下的路程中保持缄默,但他仍然把新发现向他的助手——道来。他发现把想法大声说出来,有助于他筛选那些真正重要的事件。

"那本书里有一页夹着书签。那一页里面有一句话的下方,模模糊糊地有铅笔画线的痕迹。我才发现这句话和那位听众在我的节目上来电说的那句一模一样:'假如痛苦能让人悔恨,那么就让痛苦降临吧'。"

卡尔达斯暂停了片刻,寻了一支烟。

"所有打到电台的电话号码都会被保存一段时间。"探长点燃了烟之后,继续说道,"而那通电话正是从苏里亚加基金会大堂的公共电话亭打来的。"

"这有什么奇怪的?"埃斯特韦斯问道,"我认为这让案情变得更清晰了。黑格尔的这句话更印证了我们知道的:医生用极其残酷的惩罚来报复瑞戈萨的背叛。"

"我不这么认为。任何一个策划谋杀案的人都不会以这种儿戏的方式来提供线索。所有证据都太清晰,指向性太明显。"探长说道。他摇下了一点车窗，好让烟雾从缝隙中飘出去。"如此简单，简直不可思议。"

"探长，这次又是您的直觉。在我的家乡有句俗语，'假如它像一只鸭，像鸭子一样走路，还呱呱呱地叫，正因为它是只鸭子'。"

"不是我的直觉。你没发现吗？"

几秒钟过去了，只听见雨点砸在车顶上的声响和雨刮器来回往复的声音。

"我该发现什么？"埃斯特韦斯问道，一点没有发现卡尔达斯认为是昭然若揭的事。

"我们开始调查福尔马林之后的两天，就找到了迪马斯·苏里亚加。破案过程过于迅速，都没有时间深究这些证据。"

"这有什么不好的吗，探长？我们这么迅速地找出凶手，您应该引以为傲。您想想，已经有两起死亡案件了，加上弗莱雷，一共三起。"

"正常来说，在克拉拉发现书里的那句话之前，我们应该像无头苍蝇那样乱转，"一个猜测在探长脑中成形，"然后，我会发现书里标记的那句话和我在电台节目里听到的那句话是一样的。你懂我的意思吗？"探长凝视着埃斯特韦斯问道。

埃斯特韦斯像是为了完成任务一般，轻轻点了点头，卡尔达斯又开始他的推导。

"电话是从苏里亚加基金会的电话打出的，因此我们会集中调查医院。经过一段时间的调查，我们会发现苏里亚加医生和瑞戈萨的关系。凭你我的经验都知道，做过的事总会浮出水面的。我们迟早都会找到医生。"

"这个推理更没有排除苏里亚加的嫌疑，反而更把他牵扯到案件中了。"埃斯特韦斯反对道。

"你完全没懂。假如像你想的那样，医生就是凶手的话，你怎么解释这通打到电台的电话？你又怎么解释他在瑞戈萨家里留下这本标记过此话的书？凶手就差把名片留给我们了。"

演绎至此，卡尔达斯能断定这本黑格尔的书并不是瑞戈萨的。他确信这本书是凶手放在瑞戈萨的卧室里，用来嫁祸他人的。

"也许医生是想和您玩个游戏。就算您不承认，但是您在维戈市也是有头有脸的人物，和他一样。他可能想给您留下线索，试探一下您。这也不是首例了。"

"你见过报纸上苏里亚加最近的几张照片吗？"卡尔达斯问道，"医生都快要崩溃了。你觉得一个正在与法律公正博弈的罪犯，会露出这样的神情吗？"

埃斯特韦斯没有回答，他也见到了这位名人消沉的模样。

"苏里亚加向命运低了头，已经放弃了挣扎。一个正在用谋略作战的人，是断然不会有这副模样的。"

"您说的有道理。"埃斯特韦斯赞同道。

"回到那本书和电话上，凶手忙于擦除证据，而不是忙着留下痕迹。下圈套的人希望所有的线索全部指向一个方向，那就是苏里亚加医生。"卡尔达斯确认道，"我觉得他们给我挖了一个陷阱。我虽然没有直接掉进去，但阴差阳错，却走到了凶手想要引导我到达的地方：构陷医生，指证他谋杀。"

埃斯特韦斯仍然没有信服。

"探长，您确定我们现在走对了吗？"

事情发展至此，卡尔达斯觉得走哪条路已经不重要了，重要的是能够知道真相。几个小时以前，他对苏里亚加的罪责毫不怀疑，而现在，他却认为医生有可能是无辜的。在调查的某个环节，他似乎选择了错误的方向。他准备沿着原路返回，选择一个新的方向。

"我不知道这次我们有没有向正确的道路进发。希望能找到弗莱雷，让他告诉我们真相。"

埃斯特韦斯转身看向他的长官。

"您认为弗莱雷还活着？"埃斯特韦斯问道，想起不久之前他的上司还对弗莱雷的死言之凿凿，在里奥制药，弗莱雷的黑色小狗还咬了他的鞋子。

"凶手草率地谋杀了奥雷斯特斯，没有时间筹划作案方法。从弗莱雷消失的那天算起，已经过了八天了，一桩没有预谋的谋杀，是不可能隐藏尸体那么久的。我想应该是弗莱雷不想被人发现。"探长推断道，透过眼前的雨幕，依稀注视着眼前的公路，"而且在瑞戈萨遇害的前几日，他一直在给苏里亚加打电话。弗莱雷要和医生说些什么？苏里亚加不需要和销售员联系，就可以获得福尔马林，他只要在医院取一些就可以了。我不知道弗莱雷的用意为何，但是肯定不是要向医生兜售几升的福尔马林溶液，应该是为了其他的目的。"

"他们又盘问过苏里亚加医生关于弗莱雷的事了吗？"

"苏里亚加的回答没有变过：他对案情一无所知，也不认识弗莱雷和奥雷斯特斯，还有他深爱着瑞戈萨。"卡尔达斯一一列举出医生的答复。"他的证供一连几天都没有变过。"

"那您怎么解释乳胶手套呢？"尽管埃斯特韦斯对探长的推理佩服得五体投地，仍然心存疑惑，"那您认为苏里亚加也不是杀害打碟手的凶手？"

卡尔达斯没有作答，只是耸了耸肩。他知道在奥雷斯特斯的谋杀案中，DNA 的证据不容置疑，任何法官都不会免了苏里亚加的罪。但是卡尔达斯仍然觉得手套不足以解释瑞戈萨的死和弗莱雷的失踪。

医生唯一的希望就是从他忽略的细节中找出一二。所有的难解之谜，往往都是从一些不起眼的细节中找到答案的。

医生现在情绪过于激动，无法全神贯注，但是卡尔达斯相信无论有多么细微，他亲近的人肯定能有所察觉，来证明他的无辜。

埃斯特韦斯把车停在了巨大的木门前。卡尔达斯竖起夹克的衣领走下车，趟过水洼，靠近石墙按了按门铃。

滂沱的大雨之下，探长等待着回答。

Resquicio（遗漏）：1. 门槛和门之间的开口；2. 小的裂缝；3. 为一个目的而提供的机会或时机。

昏暗的大厅中弥漫着砌在墙上的木头味。

"夫人，您再努力想想。"卡尔达斯又一次鼓励梅塞德斯，好让她努力回忆。

"你们不要再来了。你们先是毁了我的生活，然后还要我努力配合。"梅塞德斯针锋相对地回答道，"你们到底是怎样的无心之人？因为你们的错，我的丈夫正在监狱里待着，马上就要受到审判，如此残酷的罪行，我想都不敢想。你们现在还马不停蹄地出现在我的面前，一遍又一遍地提醒我。"

"您的丈夫有可能没有犯过他们指控的所有罪行。"

"当然没有，他没有干过任何一件。"梅塞德斯哭诉道。她坐在沙发上，忍不住痛哭了起来。

警官们默默地站立在一旁，恭敬地等待她止住哭泣。看着梅塞德斯痛不欲生，他们忐忑不安。数日之前亲切招待他们的那位优雅女性已不见踪影。别墅似乎也受到了主人的影响，一改原本热闹繁荣的景象，变得静谧幽深，从光亮中走进了阴霾。

"梅塞德斯女士，"埃斯特韦斯说道，"请您回忆一下您的丈夫是否接待过弗莱雷。我们确信至少在案发前几日，他们都有电话联系。这对您丈夫的案件至关重要。"

"我已经说过了，我不认识什么弗莱雷。"梅塞德斯一边说着，一边用手背擦拭着溢出眼眶的泪水，"我从来不检查苏里亚加的通信。我又不是秘书，我是他的妻子。"梅塞德斯自我辩护道。

埃斯特韦斯点了点头，不忍看到梅塞德斯悲痛的模样。卡尔达斯亦知道让梅塞德斯反复触及这几日痛苦的回忆是一种折磨，但是他需要梅塞德斯理性地回忆，不留一丝遗漏。

"您一定看到或者听到了些什么。弗莱雷是医疗产品的销售代表。在我们来访的前几日，他和您的丈夫通过电话联系了数次。"探长坚持询问那几通电话，"他们应该聊到些医用产品，很有可能说到福尔马林，您没有听到任何相关内容吗？"

梅塞德斯摇了摇头。

"他也可能以其他身份前来拜访。"卡尔达斯补充道，希望通过其他途径来引导梅塞德斯的思绪。他的鲁莽已经把苏里亚加拖入了地狱般的煎熬，他现在希望能在医生的家，为医生找到一丝希望。"前几周应该有什么人来拜访过。"

梅塞德斯又抽泣了起来。

"是的，你们来过。你们闯入了我们的家，摧毁了我和我丈夫的生活。"她停了停，吸了一口气，继续说道，"你们毁了一个家庭。您知道这是什么意思吗？你们知道'家庭'这个词的意义吗？"梅塞德斯又开始痛苦地哭诉，用张开的双手掩住了自己啜泣的面容，"你们简直猪狗不如。"

埃斯特韦斯向她递了一条手帕，然后用眼睛示意探长别再打扰她了。卡尔达斯不得不放弃，把他的名片放在宽敞的大厅的矮桌上。

"今天就到此为止吧，梅塞德斯女士。我们现在回警局。我把我的电话留在这里。如果您想起什么，请您和我联系。"

"我把你们送到门口。"梅塞德斯说道，用埃斯特韦斯的手帕擦干了泪水。

"不用了，梅塞德斯女士。"探长说道。

梅塞德斯忽略了探长的请求，站起了身，领着他们穿过走廊，走到大门前。

"探长，后会无期。"她低喃道，也没有伸手告别，"我希望再也不要见到您。"

梅塞德斯打开门，只见从门缝里忽地钻进一只黑色的卷毛狗，全身被雨淋得湿透。

小狗往前跑了一小步，又突然转回了身，向埃斯特韦斯的脚扑了过去。

"皮波，皮波！立刻从家里出去！"梅塞德斯叫喊道。

埃斯特韦斯双目圆睁，好像就要脱出眼眶一般，看着弗莱雷的小狗兴冲冲地咬着他的鞋带。

卡尔达斯转向梅塞德斯。

"夫人，弗莱雷在哪里？"

"我不知道您说的是谁。"梅塞德斯回答道，抓住门示意他们离开，"现在，请您原谅……"

"他在哪里？"卡尔达斯没有移动，又问了一遍。

"您能放尊重些吗？"她厉声指责道，又开始抽泣，"我已经说了我不认识这个人，探长。"

卡尔达斯不为所动。

"您完全知道，苏里亚加夫人：弗莱雷是里奥制药的销售员，这条狗的主人。"卡尔达斯说道，指了指小狗皮波。

"这不可能。"她哭着说道。

"收起您这一套表演。"卡尔达斯面无表情地命令道，"医生也许不是一位模范丈夫，但不是一名杀人犯。"他逼近梅塞德斯，"您有许多事需要解释。"

梅塞德斯止住哭泣，卡尔达斯看见她的眼神冰冷地射向他。

走回车的路上，卡尔达斯坚持询问弗莱雷的下落，梅塞德斯指了指大海的方向。

"在下面的船上，吓得要死。"

探长示意埃斯特韦斯去找弗莱雷。梅塞德斯轻蔑地说道：

"他和苏里亚加一样畏首畏尾，都是一群胆小鬼。"

Motivo（原因）：1. 移动的或能够移动的；2. 对某物存在或某人行为方式起到决定作用的原因；3. 作为装饰而重复出现的样式或者图形；4. 在一首乐曲中不断重复或者演绎出不同形式的基本旋律或核心主题。

在审讯中，梅塞德斯说道，她和医生短暂地谈了一段时间的恋爱，就放弃了护士的工作，成为苏里亚加太太。她的生活突然变得应有尽有，她以前从未奢望过。

然而好景不长，婚姻初期的甜蜜褪去之后，基金会无穷无尽的工作逐渐消磨了医生的激情，他们的婚姻慢慢变成了相敬如宾。梅塞德斯忍受着苏里亚加的缺席和冷落，但是尽管没有得到丈夫全心全意的爱，她依然崇敬着她的丈夫。

将近二十年的时光，她总以为医生更享受心灵的交流，而不是肉体之爱。三年以前，她感到医生越来越在意自己的外貌。甚至医生每次晚归，她都没有询问原因，他就会主动解释自己因为工作而耽搁了时间，于是她便起了疑心。最初她怀疑医生与其他女人幽会，于是她决定调查自己的猜测是否属实。然而让她万万没有想到的是，丈夫所有的借口，竟然是因为一个男人：路易斯·瑞戈萨，一个住在托拉亚岛上的萨克斯手。

她静静地观望了几个月，发现苏里亚加并不想和她离婚。于是她决定保持现状，装作什么都没有发生的样子。其实在许久以前，他们俩就已经形同陌路了。在这么多年的自我牺牲之后，她决意任何人都不能取代她的位置。

情绪平复了之后，她把更多的时间投入到航海运动中，于是便结识了弗莱雷，这个相貌英俊又热爱航海的年轻人。他成为她的情人，成为她失败婚姻的安慰。她动用自己的人脉，帮他在里奥制药找了一份工作，这个实验室位于市郊，一直为她丈夫的医院供货。

时间就这么一天一天过去了，直到数周以前，她在医生的手提电脑中看到了一封带有照片的勒索邮件。看了邮件之后，她知道她的丈夫很有可能要面临抉择，会为了瑞戈萨而抛弃她。

自从发现她丈夫和音乐家的关系之后，她无数次设想过，在逼不得已的情况下，要如何终结这段关系。她说服自己说，若要自保，最好的方法就是让瑞戈萨消失，同时让所有的线索都指证苏里亚加才是真正的凶手。因此，这桩谋杀一定要显现出情杀的残酷，同时又要像是医生的手法。一个午后，她和情人一起躺在船的甲板上，翻看着里奥制药的目录，在产品的注意事项中，她终于找到了方法。

梅塞德斯用冰冷的声音继续说道，她的第一步就是在她的丈夫支付敲诈金的那天跟踪他，决意不让敲诈这桩事加速事件的发展进度，打乱她的计划。她看见苏里亚加把一个口袋放在树丛中的指定地点。她一直藏匿着，一直等到那个年轻人来取钱。这个年轻人就是奥雷斯特斯，她说自己已经知道了敲诈的事，随时都可以告发他。这个年轻人吓得不轻，承诺只要她保持沉默，就再也不会发邮件给医生，此外，如果有人打听医生和他的情人的话，都会第一时间通知她。

她回到了家中，向弗莱雷承诺瓜分医生的巨额财产，说服他去勾引萨克斯手。他们决定在雨夜实行计划。很快机会就来了。她知道瑞戈萨有时会找男人回家过夜，他如水一般的眼睛总是无往不胜。他们选的那一晚正是雨夜，瑞戈萨去田园酒吧寻找陪伴，弗莱雷也正好在酒吧。弗莱雷让瑞戈萨起了意，把他带到了在托拉亚岛上的公寓。

在卧室里，弗莱雷假装激情难耐，把音乐家绑在了床头，堵住了他的嘴，然后下楼为她开门，她是从海上登岛的。

她戴着手套，走进卧室，把福尔马林注射进了音乐家的生殖器。弗莱雷被这场面吓得不轻，只得抓住瑞戈萨的脚，防止他乱动。接着，按照她事无巨细的计划，梅塞德斯留下了黑格尔的一本书，把里面关于痛苦和悔恨的那句话用铅笔轻轻地画出来，放在濒死的瑞戈萨的床头，而此时福尔马林正在瑞戈萨的体内蔓延，他正因为剧烈的痛苦而蜷曲扭动。

弗莱雷按捺住呕吐的冲动，负责擦拭卧室里的指纹。她则负责处理楼上的那间屋子，但却故意留下瑞戈萨和弗莱雷喝过的金酒杯没有擦拭。若是她的情人将来反悔，乃至背叛，又或者当她要换个情人的时候，可以以此作为要挟。

她趁着夜色，驾着自己的帆船，离开了托拉亚岛。弗莱雷则把瑞戈萨的车开到一处偏僻的山区，一把火烧了它。

隔天早上，弗莱雷出于工作原因，去苏里亚加基金会例行拜访，用大厅的电话拨通了"维戈之声"，参加《电台巡逻》节目。接通之后，他把黑格尔书上的那句话读了两遍，接着便挂断了电话。

她原本希望卡尔达斯，这位著名的"巡逻员"查看了书之后，会想起打进节目的那一通奇怪电话，顺藤摸瓜地找到苏里亚加基金会，把她的丈夫和萨克斯手联系在一起。之后，瑞戈萨案件曝光之后，她的丈夫会被逮捕，受到社会的唾弃，她就可以高枕无忧地占有苏里亚加家族的财富了。

然而，一个午后，弗莱雷给她家打了若干个电话。他害怕极了，因为有两个警察去了实验室，咨询了他关于福尔马林的事。隔天早上，奥雷斯特斯果然按照承诺的那样，告知她有两个警官去问他是否认识医生和瑞戈萨。奥雷斯特斯成功地摆脱了他们，约了他们隔天下午再谈。

猎犬们没有上钩，反而寻到了一条对她极其危险的线索。

自从同样的两名警官造访过她家之后，她知道有必要让奥雷斯特斯永远开不了口。她不能容许奥雷斯特斯牵连她，于是她找了个借口，说要酬谢他的保密工作，前去上门找他。

奥雷斯特斯那时正在休息，开了门之后，就忍不住要去洗手间。她找了一个枕头来消音，趁着奥雷斯特斯睡意朦胧地走向洗手间之时，跟在了他的身后。她拿着枪的手上戴着一只乳胶手套,在这层手套外面又套了另外一只丈夫用过的,是她从丈夫办公室的纸篓中找到的。事成之后,她走上大街,准备回家,把带有丈夫DNA残留的手套处理了,就扔在她认为警察首先会排查的地方。

种子已经埋入土壤,只差水的灌溉来让树成长,而她则可以永久地享用树上的果实。

"都怪这条狗。"卡尔达斯说道。假如没有小皮波的出现,真相不可能浮出水面。

"不,探长,"梅塞德斯纠正道,"都怪你们这些男人。"

Claro（光洁）：1. 受到阳光照耀的；2. 干净的，纯净的，明净的；3. 透明的，光洁的；4. 比常规的更宽阔，包含更大的空间或间距；5. 形容颜色：颜色不重或不含许多色彩；6. 形容声音：干净纯粹的，音色尖锐的；7. 清楚的，容易理解的；8. 明显的，确凿的，清楚的。

卡尔达斯在滂沱的大雨下穿梭。待他录完梅塞德斯和弗莱雷的口供之后，已近深夜十一点了。

探长不想回到空无一人的家中，决定第三次去位于老城区的那家酒吧。他需要忘却迪马斯·苏里亚加在接受他的道歉时，那憔悴的面容和迷茫的眼神。

卡尔达斯推开圣杯酒吧的大门，靠在了吧台上，望向演出台，乐手们正准备开始演出。

那个小个子的女人，皮肤光洁，抬了抬下巴，向探长打了个招呼，把苍白的手放在钢琴上，把唇移近麦克风，呢喃唱道：

> 某一日他将到来
> 我之所爱
> 他一定身强体壮
> 我之所爱。

图字：01-2021-2328 号

© Domingo Villar
c/o Schavelzon Graham Agencia Literaria
www.schavelzongraham.com
The simplified Chinese translation rights arranged through Rightol Media

本书中文简体版权经由锐拓传媒取得 Email：copyright@rightol.com
中文简体字版专有权属东方出版社

图书在版编目（CIP）数据

水之眼／（西）多明戈·维拉尔 著；宓田 译. —北京：东方出版社，2021.10
（里奥·卡尔达斯探长系列）
书名原文：Ojos de Agua
ISBN 978-7-5207-2102-8

Ⅰ.①水… Ⅱ.①多… ②宓… Ⅲ.①侦探小说—西班牙—现代 Ⅳ.①I551.45

中国版本图书馆 CIP 数据核字（2021）第 092199 号

水之眼
（SHUI ZHI YAN）

作　　者：	[西] 多明戈·维拉尔
译　　者：	宓　田
责任编辑：	朱　然
责任审校：	赵鹏丽　县　翔
出　　版：	东方出版社
发　　行：	人民东方出版传媒有限公司
地　　址：	北京市西城区北三环中路 6 号
邮　　编：	100120
印　　刷：	北京联兴盛业印刷股份有限公司
版　　次：	2021 年 10 月第 1 版
印　　次：	2021 年 10 月第 1 次印刷
开　　本：	880 毫米×1230 毫米　1/16
印　　张：	13.25
字　　数：	190 千字
书　　号：	ISBN 978-7-5207-2102-8
定　　价：	49.80 元

发行电话：（010）85924663　85924644　85924641

版权所有，违者必究
如有印装质量问题，我社负责调换，请拨打电话：（010）85924602　85924603